向奋战在脱贫攻坚一线的

广大扶贫工作者致敬！

XINWEN
SHIJIAO XIA DE

新闻视角下的中益

ZHONGYI

（2017—2020）

重庆市委办公厅扶贫集团
驻中益乡工作队 / 编

西南師範大學出版社
国家一级出版社 全国百佳图书出版单位

图书在版编目(CIP)数据

新闻视角下的中益 ：2017－2020 / 重庆市委办公厅扶贫集团驻中益乡工作队编. — 重庆 ：西南师范大学出版社，2021.2
ISBN 978-7-5697-0757-1

Ⅰ. ①新… Ⅱ. ①重… Ⅲ. ①新闻报道－作品集－中国－当代 Ⅳ. ①I253

中国版本图书馆 CIP 数据核字(2021)第 029080 号

新闻视角下的中益(2017—2020)
重庆市委办公厅扶贫集团驻中益乡工作队 编

责任编辑：秦 路
责任校对：李 炎
封面设计：闰江文化
排 版：张 祥
出版发行：西南师范大学出版社
地址：重庆市北碚区天生路1号
邮编：400715 市场营销部电话：023-68868624
网址：http://www.xscbs.com
经 销：新华书店
印 刷：重庆共创印务有限公司
幅面尺寸：160mm×235mm
印 张：13.75
字 数：238 千字
版 次：2021 年 2 月 第 1 版
印 次：2021 年 2 月 第 1 次
书 号：ISBN 978-7-5697-0757-1

定 价：48.00 元

Preface 序言

在脱贫攻坚历程中，深入挖掘一线的扶贫故事，记录下贫困群众不畏困苦、自力更生的鲜活实践和勤劳拼搏甩掉“贫困帽”的生动历程，这是新闻记者践行脚力、眼力、脑力和笔力的应尽职责。

地处武陵山区的重庆石柱县中益乡，山高沟深、土地贫瘠，是重庆18个深度贫困乡镇之一。这几年，作为重庆攻坚深度贫困的缩影，中益乡正在发生深刻变化。到过中益乡的新闻记者，都能亲眼看到这里的新产业、新面貌。如今的中益乡，有着条条新路盘山梁、良田池塘相辉映的美丽风景，群众有着户户住上安稳房、房前屋后百花香的幸福生活。

从2017年以来，中益乡始终是新华社记者笔下、镜头里报道的重点对象。这几年先后有20多批次新华社记者来到中益乡，采写出《重庆中益：土家村第一书记们的辛劳与期盼》《在最穷的地方，下最大的脱贫力气——重庆攻坚深度贫困见闻》《重庆中益乡：啃下“硬骨头” 奋斗不停歇》等一大批“沾泥土、带露珠、冒热气”的脱贫故事。

今年4月，我也带着采访团队，来到中益乡深入蹲点调研，走访了华溪、建峰等村组，参观了乡里的黄连、中蜂、黄精等扶贫产业，得以在一线亲历中益之变，并探寻脱贫巨变背后的动力之源。

到访中益时，正是春日绿意正浓、百花开得最艳的时候。在建峰村，上百亩的黄连长势正好，群众正忙着田间管护；在华溪村，我看到村民谭登周家房前屋后，梨花、油菜花、槐花芳香缭绕，引来蜜蜂嗡嗡作响；沿着乡村道路一路前行，错落分布的农房被统一设计为蜂蜜色，乡里正在打造“中华蜜蜂小镇”，一三产业融合发展的势头正劲……

“党的政策好，更要努力向前跑。”这也是我在中益乡采访时，听到乡亲们说得最多的一句话。

“幸福是奋斗出来的。”华溪村鼻咽癌患者张剑峰就是一名值得我们报道点赞的脱贫奋斗者。这几年靠着中蜂养殖这一项，张剑峰每年能收入1万多元。今年老张又新做了10个蜂桶，进一步扩大规模。张剑峰还说，如今的中益越变越好，平时他还要在乡上工地打零工，有空闲了还进山采药材，一年收入又能增加3万多元。脱贫不歇气，越干越有劲。

我发现，中益之变的背后，既有群众努力干，也有干部努力帮。攻坚深度贫困的号令一响，重庆市委办公厅扶贫集团驻中益乡工作队的干部就走出机关、背上行囊，同县、乡干部一道，在中益乡访民情、解难题、做规划、推项目……他们把根扎在了农村最基层，把心与群众紧密联结在一起。

其中一个个感人瞬间、一件件生动事迹也被我们记录下来：这里创新了扶贫机制——在华溪村，村里建起了股份经济合作社，办起了乡村旅游公司，上了岁数的农民也成了企业股东，联股联心，既务工又分红；这里有鲜活的群众路线实践——市县干部驻村伊始，就分批深入群众家中，访民情、解民忧，短短3多个月时间，通过3轮排查整改民生问题700多件；这里还有一个个扶贫干部扎根基层，努力奋斗的朴素故事——寒冬里，华溪村第一书记汪云友还忙着下乡收蜜，凌晨一两点回村是家常便饭。他说，中益山清水秀，生态好，产出的蜂蜜每斤能卖150元。“只要群众能致富，自己累点也值得。”汪云友的话踏实有力。

来自基层的生动实践，为新闻报道提供了不竭灵感和源泉。正是通过在中益乡的深入采访，听着基层干部群众“能吃黄连苦、再享蜂蜜甜”的质朴话语，才让我们得以写出《重庆石柱：苦、辣、甜“三味”酿出新生活》这样鲜活的稿件。

如今，包括新华社稿件在内的50篇中央和省市县各级媒体对中益乡脱贫攻坚的新闻报道汇集而成的《新闻视角下的中益（2017—2020）》一书正式出版了，其中既全方位展示了重庆市落实中央扶贫精神，对中益乡扶贫的工作部署和政策要求，又有中益乡脱贫攻坚具体实践的鲜活报道。

书中选取了中益脱贫发展最具代表性的故事。从“资源变股权、资金变股金、农民变股民”，乡里成立第一家集体控股企业，到壮大中蜂养殖产业，打造“中华蜜蜂小镇”的奋斗历程，讲述了中益乡如何跨步前行，唱响新时代的脱贫“战歌”。

书中展现了最具情感共鸣的鲜活细节。从中益乡在扶贫实践中主动创造出的“周末集市”、“四点半课堂”、驻村干部扶贫“金点子”，再到一个个驻村干部用真心、真情，为群众破难题、解民忧的过程，具体的案例直击人心，彰显了群众的幸福感、获得感。

新闻媒体记录下的中益故事，是精准扶贫理念在基层践行的足迹与回音，折射了人民对美好生活的向往，也见证了“脱贫属于人民、脱贫源自奋斗”的朴素价值。

今年是脱贫攻坚决战决胜之年，中益乡扎实推动脱贫攻坚、稳步实施乡村振兴的实践仍在继续，新闻媒体也还将继续记录中益，见证这个中国西部乡村发展的生动历程。

新华社重庆分社社长　李勇

2020年12月

Contents 目录

领导关怀　心系中益

攻坚克难　逐梦中益

不辱使命 奉献中益

领导关怀　心系中益

习近平在重庆考察并主持召开解决“两不愁三保障”突出问题座谈会时强调：统一思想　一鼓作气　顽强作战　越战越勇　着力解决“两不愁三保障”突出问题

中共中央总书记、国家主席、中央军委主席习近平 2019 年 4 月 15 日至 17 日在重庆考察，主持召开解决“两不愁三保障”突出问题座谈会并发表重要讲话。他强调，脱贫攻坚战进入决胜的关键阶段，各地区各部门务必高度重视，统一思想，抓好落实，一鼓作气，顽强作战，越战越勇，着力解决“两不愁三保障”突出问题，扎实做好今明两年脱贫攻坚工作，为如期全面打赢脱贫攻坚战、如期全面建成小康社会作出新的更大贡献。

山城四月，春风和煦，山水透绿，一派生机勃勃。4 月 15 日，习近平在中共中央政治局委员、重庆市委书记陈敏尔和市长唐良智陪同下，深入石柱土家族自治县的学校、农村，实地了解脱贫攻坚工作情况。

石柱土家族自治县地处武陵山集中连片特困地区，是国家扶贫开发工作重点县。15 日中午，习近平一下飞机，就转乘火车、汽车前往石柱县，山路蜿蜒，坡急沟深，辗转 3 个多小时抵达大山深处的石柱县中益乡华溪村。

习近平首先来到中益乡小学。学校操场上，小学生们正在开展课外文体活动。看到总书记来了，学生们围拢过来，纷纷问习爷爷好，总书记高兴地同大家交谈，询问他们学习和生活情况。中益乡地处大山深山之中,群众居住比较分散,孩子上学是个难题。习近平指出,“两不愁三保障”,很重要的一条就是义务教育要有保障。再苦不能苦孩子,再穷不能穷教育。要保证贫困山区的孩子上学受教育,有一个幸福快乐的童年。习近平走进师生食堂,仔细察看餐厅、后厨,了解贫困学生餐费补贴和食品安全卫生情况。习近平嘱咐学校和老师既要当好老师,又要当好临时家长,把学生教好、管好。要把安全放在第一位,确保学生在学校学、住、吃都安全,让家长们放心。他希望老师们扎根山区,献身乡村教育事业,为群众脱贫贡献一份力量。

华溪村人多地少,土地贫瘠,全村有建档立卡贫困户 85 户、302 人,其中 8 户、19 人还没有脱贫。习近平踏着湿滑的石阶登上陡坡,来到贫困户谭登周家,从屋外看到屋内,详细询问老两口生活和身体状况。谭登周夫妇告诉总书记,由于伤病原因暂时丧失了劳动力,生活还比较困难,但土地流转有分红、医疗有救助、低保有兜底,3 间住房加固后都很结实,特别是医药费大部分报销,自己只负担一部分,基本生活还是有保障的。习近平指出,基本医保、大病保险、医疗救助是防止老百姓因病返贫的重要保障。这个兜底作用很关键。脱贫攻坚明年就要收官,要把工作往深里做、往实里做,重点做好那些尚未脱贫或因病因伤返贫群众的工作,加快完善低保、医保、医疗救助等相关扶持和保障措施,用制度体系保障贫困群众真脱贫、稳脱贫。

随后,习近平前往老党员、已脱贫户马培清家,沿着乡间小路步行查看自然环境、村容村貌,了解该村通过种植中药材黄精等特色经济作物带动村民脱贫的情况。在马培清家中,看到谷仓里装满粮食,厨房里挂着不少腊肉,温饱不愁,了解到他们家通过参加黄精中药材产业发展和土地入股分红、管护药材基地等方式,实现了稳定脱贫,习近平表示欣慰。

在马培清家院子,习近平同村民代表、基层干部、扶贫干部、乡村医生等围坐在一起,摆政策,聊变化,谋发展。大家你一言我一语,争相发言，气氛热烈。习近平对乡亲们说，脱贫攻坚是我心里最牵挂的一件大事。这次我专程来看望乡亲们，就是想实地了解“两不愁三保障”是不是真落地，还有哪些问题。小康不小康，关键看老乡，关键看脱贫攻坚工作做得怎么样。全面小康路上一个也不能少。发展才是社会主义，发展必须致力于共同富裕。国家越发展，越要把贫困群众基本生活保障好。各级党委和政府要把“两不愁三保障”各项措施落实到村、到户、到人。要加强乡村两级基层党组织建设，更好发挥在脱贫攻坚中的战斗堡垒作用，提高党在基层的治理能力和服务群众能力。党员干部要到脱贫攻坚的一线、到带领群众脱贫致富的火热实践中历练，经受考验，磨炼党性，增进群众感情，增强做好工作的本领。习近平强调，幸福是奋斗出来的。党的政策对老百姓好，才是真正的好。党的各项惠民政策要落实好，乡亲们要一起奋斗，努力向前奔跑，争取早日脱贫致富奔小康。

离开村子时，村民们聚集在村头，高声向总书记问好。习近平同大家亲切握手，祝乡亲们生活越来越幸福。

16 日下午，习近平在重庆主持召开解决“两不愁三保障”突出问题座谈会。座谈会上，广西、重庆、四川、贵州、云南、陕西、甘肃、新疆等地党委书记作书面汇报，重庆市石柱土家族自治县党委书记蹇泽西，奉节县平安乡党委书记邹远珍，城口县周溪乡凉风村党支部书记伍东，教育部、住房和城乡建设部、水利部、国家卫生健康委、国家医疗保障局等部门主要负责同志，中共中央政治局委员、国务院副总理胡春华先后发言。

听取大家发言后，习近平发表了重要讲话。他强调，到 2020 年稳定实现农村贫困人口不愁吃、不愁穿，义务教育、基本医疗、住房安全有保障，是贫困人口脱贫的基本要求和核心指标，直接关系攻坚战质量。总的看，“两不愁”基本解决了，“三保障”还存在不少薄弱环节。各地区各部门要高度重视，统一思想，抓好落实。要摸清底数，聚焦突出问题,明确时间表、路线图,加大工作力度,拿出过硬举措和办法,确保如期完成任务。

习近平强调,脱贫攻坚战进入决胜的关键阶段,务必一鼓作气、顽强作战,不获全胜决不收兵。各省区市党政主要负责同志要增强“四个意识”、坚定“四个自信”、做到“两个维护”,强化政治责任,亲力亲为抓好脱贫攻坚。省级分管扶贫的负责同志要抓好工作落实。各行业部门要围绕脱贫攻坚目标任务,按照尽锐出战要求,切实履职尽责、合力攻坚,对责任不落实、政策不落实、工作不落实影响任务完成的要进行问责。党中央制定了支持深度贫困地区脱贫攻坚的实施意见,各方面都加大了力度,但不能放松。要逐一研究细化实化攻坚举措,攻城拔寨,确保完成脱贫任务。这次脱贫攻坚专项巡视和成效考核发现了不少突出问题和共性问题。各地区各部门要全面排查梳理,确保各类问题整改到位,为明年工作打下良好基础。

习近平指出,脱贫既要看数量,更要看质量。要严把贫困退出关,严格执行退出的标准和程序,确保脱真贫、真脱贫。要把防止返贫摆在重要位置,适时组织对脱贫人口开展“回头看”。要探索建立稳定脱贫长效机制,强化产业扶贫,组织消费扶贫,加大培训力度,促进转移就业,让贫困群众有稳定的工作岗位。要做好易地扶贫搬迁后续帮扶。要加强扶贫同扶志扶智相结合,让脱贫具有可持续的内生动力。

习近平强调,贫困县摘帽后,要继续完成剩余贫困人口脱贫任务,实现已脱贫人口的稳定脱贫。贫困县党政正职要保持稳定,做到摘帽不摘责任。脱贫攻坚主要政策要继续执行,做到摘帽不摘政策。扶贫工作队不能撤,做到摘帽不摘帮扶。要把防止返贫放在重要位置,做到摘帽不摘监管。要保持政策稳定性、连续性。

习近平指出,要把全面从严治党要求贯穿脱贫攻坚全过程,强化作风建设,完善和落实抓党建促脱贫的体制机制,发挥基层党组织带领群众脱贫致富的战斗堡垒作用,深化扶贫领域腐败和作风问题专项治理，把基层减负各项决策落到实处。对奋战在脱贫攻坚一线的同志要关心他们的生活、健康、安全，对牺牲干部的家属要及时给予抚恤、长期帮扶慰问。对在基层一线干出成绩、群众欢迎的干部，要注意培养使用。对那些畏苦畏难、敷衍了事、弄虚作假的扶贫干部，要加强教育管理，该撤换的要及时撤换，该问责的要坚决问责。

17日上午，习近平听取了重庆市委和市政府工作汇报，对重庆各项工作取得的成绩给予肯定，希望重庆全面落实党中央决策部署，牢牢把握稳中求进工作总基调，坚持新发展理念，统筹做好稳增长、促改革、调结构、惠民生、防风险、保稳定工作，持续营造风清气正的政治生态，更加注重从全局谋划一域、以一域服务全局，努力在推进新时代西部大开发中发挥支撑作用、在推进共建“一带一路”中发挥带动作用、在推进长江经济带绿色发展中发挥示范作用。

习近平强调，党中央通过了《关于新时代推进西部大开发形成新格局的指导意见》。这是党中央从全局出发作出的重大决策部署，对决胜全面建成小康社会、开启全面建设社会主义现代化国家新征程具有重大而深远的意义。重庆要抓好贯彻落实，在推进西部大开发形成新格局中展现新作为、实现新突破。要坚定不移推动高质量发展，扭住深化供给侧结构性改革这条主线，把制造业高质量发展放到更加突出的位置，加快构建市场竞争力强、可持续的现代产业体系。要加大创新支持力度，坚定不移推进改革开放，努力在西部地区带头开放、带动开放。要加快推动城乡融合发展，建立健全城乡一体融合发展的体制机制和政策体系，推动区域协调发展。要深入抓好生态文明建设，坚持上中下游协同，加强生态保护与修复，筑牢长江上游重要生态屏障。

习近平指出，要按照党中央总体部署，结合自身实际，精心组织实施庆祝新中国成立70周年各项工作。要围绕中国共产党为什么“能”、马克思主义为什么“行”、中国特色社会主义为什么“好”等重大问题，广泛开展宣传教育，加强思想舆论引导，坚定广大干部群众对中国特色社会主义的道路自信、理论自信、制度自信、文化自信，进一步激发全体人民爱党、爱国、爱社会主义的巨大热情。

习近平强调，要从最困难的群体入手，从最突出的问题着眼，从最具体的工作抓起，通堵点、疏痛点、消盲点，全面解决好同老百姓生活息息相关的教育、就业、社保、医疗、住房、环保、社会治安等问题，集中全力做好普惠性、基础性、兜底性民生建设。要着力抓好安全生产、食品药品安全、防范重特大自然灾害、维护社会稳定工作，不断增强人民群众获得感、幸福感、安全感。

习近平指出，要贯彻党中央部署，切实加强党的政治建设，培养一支忠诚干净担当的高素质干部队伍，积极营造建功新时代、创造新业绩的浓厚氛围和良好环境，用正确思想、优良作风、良好导向、正面典型持续激荡清风正气。要加强党的基层组织建设，推动基层党组织全面进步、全面过硬。要坚决整治形式主义、官僚主义，让基层干部从繁文缛节、文山会海、迎来送往中解脱出来。要保持惩治腐败高压态势，巩固反腐败斗争压倒性胜利。

丁薛祥、刘鹤、胡春华、何立峰等参加上述活动，陈全国、陈敏尔出席座谈会。

——2019 年 4 月 17 日新华社报道

"这件事我要以钉钉子精神反反复复地去抓"

——记习近平总书记在重庆专题调研脱贫攻坚

一个村，一个会。阳春时节，习近平总书记飞赴重庆，聚焦解决"两不愁三保障"突出问题，进行专题调研。

看的村，是大山深处的贫困村，名叫华溪村。它地处武陵山集中连片特困地区，镶嵌在群山之中。越过千山万水，千里迢迢来到这里，总书记就是想实地了解脱贫攻坚进展情况，看看贫困地区的新面貌。

开的会，叫解决"两不愁三保障"突出问题跨省区座谈会。"两不愁三保障"，是贫困人口脱贫的基本要求和核心指标，是共产党人面向世界的铮铮誓言和郑重承诺——到2020年稳定实现农村贫困人口不愁吃、不愁穿，义务教育、基本医疗、住房安全有保障。聚焦问题，就难点议对策，恰如习近平总书记所说，这个会不是清谈会，而是冲着问题来的，是要实打实地研究解决"两不愁三保障"突出问题的。

摆脱贫困，是中国共产党成立近百年来，新中国成立70年、改革开放40多年，中国共产党人矢志不移的初心、孜孜以求的目标，也是习近平总书记长期思考的重大问题。

"多年来，我一直在跟扶贫打交道，其实我就是从贫困窝子里走出来的。"在梁家河，他最大心愿就是让乡亲们饱餐一顿肉；到了正定，他甘冒风险也要摘了"高产穷县"的帽子；在宁德，他带领探索"弱鸟先飞"的脱贫路。一直到省里、到中央，扶贫这件事他始终"花的精力最多"。习近平总书记说："我提倡钉钉子精神，这得从我做起啊！这件事我要以钉钉子精神反反复复地去抓。”

党的十八大至今,中国不断刷新的减贫成绩单令世界惊叹。从2012年现行标准下农村贫困人口9899万,减少到2018年的1660万,每一年、每一月,甚至每一天,这个数字都在变化。中国延续了几千年的贫困难题,进入了决战决胜的倒计时。

众志成城,越战越勇。习近平总书记说:“脱贫攻坚战进入决胜的关键阶段,我们务必一鼓作气、顽强作战,不获全胜决不收兵。”

大山深处的特殊“抽查”

走进老党员、已脱贫户马培清家,已是下午五六点钟。4月15日这一天,习近平总书记一早从北京出发,乘飞机抵达重庆,再转火车、换汽车,翻过一座座山、爬过一道道梁,一路奔波,来到石柱土家族自治县中益乡华溪村。

雨后初霁,连绵的七跃山郁郁葱葱。华溪村祖祖辈辈在山脚下的“巴掌田”耕作,脱贫的步子也慢了些。路上,习近平总书记听取了村子的情况介绍:建档立卡贫困户85户、302人,其中8户、19人还没有脱贫。

马培清家很热闹。村民代表、基层干部、扶贫干部、乡村医生,还有已经摘帽的脱贫户,小院里笑语欢声。总书记亲切地招呼大家坐下来细细聊。

“换了三种交通工具到这里,就是想实地了解‘两不愁三保障’是不是真落地。我们在奔小康。小康不小康,关键看老乡,关键看扶贫工作做得怎么样。贫困群众脱贫最基本的标准,就是‘两不愁三保障’。”习近平总书记笑着补充了一句,“这次到重庆来,就抽查你们一个点。”

乡亲们都有一肚子的心里话。靠帮扶摘帽的村民汪从兴抢先发言,他没说两句就哽咽了。迎着总书记鼓励的目光,他讲述了自家的故事:两个娃儿上学,母亲重病,家里曾经穷得揭不开锅。而今,每年1000多万贫困群众脱贫,他是其中一个。

习近平总书记认真倾听,不时插话。等到大伙发言告一段落,他给乡亲们一条条梳理"两不愁三保障"的进展。

"咱们国家一直到改革开放前,家家都有补丁衣服。我也是穿补丁衣服长大的。但是现在到全国各地去,包括偏远的山村,大家穿得都很整齐,铺盖床褥也很少见补丁。"

"再说粮食,我刚才看的两户人家都有两三个粮垛子,手里有粮心里不慌。"听说这些粮垛子装的多是前年收获的粮食,习近平总书记颇为感慨,"过去在陕甘宁边区,形容年头好是'耕三余一'。现在你们'耕一余三',一年种的粮食吃个三四年。"

小院里笑声朗朗。华溪村也是中国特困地区的一个缩影。总的看,"两不愁"已基本解决,"三保障"还存在不少薄弱环节。这次抽查,习近平总书记对教育、医疗、住房安全等看得格外仔细。

年仅11岁的陈锐是马培清的孙子,他也歪着小脑袋认真听。下午总书记先去了村口的中益乡小学,他已经看到了习爷爷。一放学,又赶上习爷爷来家里做客。和蔼亲切的习爷爷,让他一点也没感到陌生。习近平讲起了学校调研的观感:

"学校正在盖宿舍楼,就是为了解决一些孩子上学远的难题。食堂二位师傅,服务全校157个学生和23个老师,午饭四菜一汤。我想起咱们开始扶贫的时候,推行每个孩子保证每天一杯牛奶、一个鸡蛋。现在每顿标准涨到了6块钱,比当初丰富多了。通过补贴,学生家长负担也不重。我还注意到一件事,孩子们都说普通话,这说明教学规范了。"

小陈锐听了不住地点头。

贫困户张剑峰坐在总书记左侧长条凳上,他给总书记算了算自己的医药费。“前年查出了鼻咽癌,党和政府雪中送炭报销了 8 万元。”一旁的中益乡卫生院蒋凤插话说,像这种因病致贫,中益乡还有 200 多户,我们实施了资助参保、先诊疗后付费和大病救助兜底。

对因病返贫问题,习近平总书记十分上心:“基本医保、大病保险、医疗救助是防止老百姓因病返贫的重要保障。这个兜底作用很关键。脱贫攻坚明年就要收官,要把工作往深里做、往实里做……”

晚霞满天,山村如画。习近平总书记离开村子时,乡亲们聚在村头,争相同总书记握手,依依不舍。

回到重庆市里,已是夜深。总书记仍挂念着山村的乡亲们:“看了这么一个村,我心里是有底的。到 2020 年初,预计全国将剩下 600 多万贫困人口和 60 多个贫困县。把今年工作抓好抓实,明年继续攻坚,就能彻底消灭现行标准下的贫困。从各方面情况看,我们对完成任务是很有信心的!”

“最重要的是防松懈、防滑坡”

16 日下午,重庆。在解决“两不愁三保障”突出问题座谈会上,习近平总书记开宗明义:

“这是一次跨省区的座谈会。党的十八大以来,从延安、贵阳、银川、太原、成都,再到重庆,我是第六次主持召开此类会议。主题都是脱贫,但每次的重点和专题有所不同。我们讲精准脱贫,咱们工作的着力点也要体现精准。”

“召开这次座谈会,主要是考虑离全面完成脱贫攻坚目标任务只剩下不到两年时间了,今年的工作尤为关键。脱贫攻坚战进入决胜的关键阶段,‘打法’要同初期的全面部署、中期的全面推进有所区别,这个阶段最重要的是防松懈、防滑坡。”

会场上，大家的发言开门见山，讲问题多、谈成绩少。习近平总书记不时插话，更是直面问题。

“现在乡村教师的工资状况落差大不大?”当教育部负责同志介绍乡村教师待遇时，他插话问道。

“在义务教育阶段，乡村教师工资略高于当地公务员平均工资。但还没有实现全覆盖，力争3年做到。”

习近平总书记继续追问：“没有做到的原因是什么？乡村振兴和持续发展的关键在教育，要保持教师队伍稳定，乡村的孩子不能输在起跑线上。”

……

问题是时代的声音。共产党人有迎难而上的担当，更善于从问题中找到发展的钥匙。习近平总书记强调，要清醒看到我们的困难和问题，分清轻重缓急，妥善解决，必须解决且有能力解决的要抓紧解决，不能影响脱贫攻坚任务的完成；有的问题是长期性的，攻坚期内难以毕其功于一役，但要创造条件、订出计划、拿出办法，分阶段逐步解决。

越是到最后，越是难啃的硬骨头。习近平总书记反复强调不求速成，脱贫摘帽后还要稳一稳、沉淀沉淀，确保经得住历史的检验。质朴的语言，充满辩证法和科学的方法论，充满哲理性的光芒，直抵人心。

总书记谈到了“迟到”和“早退”的问题。“脱贫‘迟到’一点没有关系，还可加大力度，但没有必要强调‘早退’。‘早退’容易形成攀比，引起队伍不安心，更容易弄虚作假，一定要刹住。我们定的是2020年全面实现脱贫，是要全力以赴、奋力拼搏、快速奔跑、急行军才能完成的，但决不能急功近利去抢功、冒功。”

他谈到了“拔高”和“降低”的问题。听到住房和城乡建设部负责同志讲危房改造，习近平总书记叮嘱道，有两个倾向要注意，一个倾向是一步登天式的，擅自拔高标准。脱贫是保障基本生活，跟富裕小康是不一样的。另一个倾向是降低标准，争抢早“脱贫”。尤其是一些地方易地扶贫搬迁的房子，层层转包，落实不到位、不达标，住一两年天花板就掉下来了。对降低标准的问题，一定要严肃整改、务必到位。

会场，安静到能听见笔尖划过纸面的沙沙声。

石柱土家族自治县党委书记蹇泽西发言时，提到了石柱县的脱贫产业。“石柱县是黄连之乡、辣椒之乡，还盛产蜂蜜。我们常说，吃得了黄连苦、解决问题不怕辣，日子才会比蜜甜。如今，石柱县还新发展了中药材黄精种植。村民们不仅可以拿土地流转费，还能参与分红。”

习近平总书记听了深有感触：“我们提出要实施‘五个一批’，总的就是要因地、因人制宜，缺什么补什么，能干什么就干什么，扶到点上、扶到根上。”

大山挡住了人流、物流、信息流，也挡住了致富路。蹇泽西告诉总书记，这几年，石柱县推进交通建设向贫困乡、贫困村覆盖，如今行政村通畅率100%。

“没有交通，就没有眼界。我想起当年在福建，去寿宁的路非常难走。乡亲们也不敢把猪养得太肥，因为太肥的话运不出来。但路一通，车一进去，发展就活了。”

产业扶贫、教育扶贫、交通扶贫……越是到吃劲的时候，越要响鼓重锤。有组沉甸甸的数据：全国832个贫困县，153个已经宣布摘帽，284个正在摘帽评估。习近平总书记放眼长远：“脱贫既要看数量，更要看质量。要严把贫困退出关，严格执行退出的标准和程序，确保脱真贫、真脱贫。”

摘帽“不摘责任”“不摘政策”“不摘帮扶”“不摘监管”。铿锵的声音，蕴含着接续前行的内在逻辑：“贫困县摘帽后，要继续完成剩余贫困人口脱贫任务，实现已脱贫人口的稳定脱贫。要保持政策稳定性、连续性，不能乱翻烧饼、不能动辄换了频道。”

汇聚磅礴之力

脱贫战线上千千万万的干部群众，是中国奇迹默默的创造者。

在他们身上，看到了困难群众追求美好生活的奋斗激情。

张剑峰，因病返贫的华溪村村民。他感恩党的帮扶，一再给总书记念叨："如今政策真是好，我要努力往前跑！"

习近平总书记笑了："我也在村道边看到了这句标语，很生动！这句话说明两点，一是党的政策深得人心；另一点是，人民群众看到政策好，激发了他们的奋斗精神。"

扶贫要扶智，更要扶志。习近平总书记说："要通过'扶'激励'干'，不能通过'扶'促进了'懒'，这就南辕北辙了。""我去了中国很多贫困地区，看望了很多贫困家庭，他们渴望幸福生活的眼神和不怕苦不怕累的奋斗精神，深深印在我的脑海里。"

在他们身上，看到了扶贫干部踏石留印、抓铁有痕的实干作风。

谭雪峰，中益乡党委书记。30 多岁的他，在扶贫一线摸爬滚打了 7 个年头，选择了一条和大学同学完全不同的人生路。他告诉总书记："去年我们和驻乡驻村工作队只休息了 3 个双休日，每天入户摸排情况、落实政策，我们敢说对脱贫做到了百分之百精准。"

伍东，重庆市城口县周溪乡凉风村党支部书记，带领乡亲们修富路、挖穷根。他最大的感受是"农民要致富，关键靠支部"。这些年，村里加强了党支部建设，建立了互帮、互学、互管活动小组，先富帮后富、后富学先富蔚然成风。

还有重庆市奉节县平安乡党委书记邹远珍，总书记询问她乡里的情况，她成竹在胸，应答如流。谈到下一步，她说得很动情："我们将秉承'为民吃尽天下苦，甘洒热血染山河'的革命精神，以'流血流泪不留遗憾，任劳任怨绝不认输'的奋斗状态，迈入全面小康！"

脱贫一线干部的辛劳与付出,习近平总书记记在心里。这些年,300多万县级以上机关、国有企事业单位干部参加驻村帮扶,目前在岗的第一书记20.6万人,驻村干部70万人,加上197.4万乡镇扶贫干部和数百万村干部,一线扶贫力量明显加强,成为脱贫攻坚的"尖刀班""爆破手",打通了精准扶贫的最后一公里。

总书记特别提到了奋战在一线的扶贫干部:"这都是我们新时代的英雄。我们要关心他们的生活、健康、安全。""对在基层一线干出成绩、群众欢迎的干部,要注意培养使用。培养干部就是要不断推到火线上、前线上,在摔打中成长,成为骨干栋梁。"

华溪村的谭登周今年春节专门请人写了副春联:"九死一生靠政策,三病两苦有医保。"横批是"共产党好"。

老谭年逾六旬,去年务工时受了重伤,在床上躺了4个多月。"党和政府补助14万元。"老谭讲到这件事,激动不已:"要不是政策好,我坟上的草都这么高啦!"习近平总书记握着他的手:"党的政策对老百姓好,才是真正的好。"

脱贫攻坚,见证着共产党人的初心和本色。"咱们过去闹革命的时候,共产党是穷苦老百姓的党,就立志为老百姓翻身得解放去奋斗。如今,国家发展日新月异,我们回过头来看看,还有没有生活困难的老百姓?现在有条件了,更要帮助贫困群众过上好生活。全面小康路上一个也不能少,每一个贫困群众都要帮扶,这才是共产党。"习近平总书记话音未落,掌声如雷。

脱贫攻坚,也是我们党对历史、对人民的一份交代。一代代共产党人接续奋斗,把太多不可能变成了可能,书写了气壮山河的人间奇迹。习近平总书记强调:"我们是全心全意为人民服务的党,追求老百姓的幸福。路很长,我们肩负的责任很重,这方面不能有一劳永逸、可以歇歇脚的思想。唯有坚定不移、坚忍不拔、坚持不懈,才能无愧于时代、不负人民。"

——2019年4月18日新华社报道

陈敏尔在石柱县中益乡调研时强调：深化认识　深度发力　坚决打赢深度贫困乡镇脱贫攻坚战

2017年8月29日，市委书记陈敏尔来到石柱土家族自治县中益乡，走村入户看望慰问贫困群众，实地调研脱贫攻坚工作并召开座谈会。他强调，要深入贯彻扶贫开发战略思想，深学笃用习近平总书记视察重庆重要讲话精神，坚持精准扶贫精准脱贫基本方略，深化认识，深度发力，集中精力，集中火力，攻克贫中之贫、坚中之坚，坚决打赢深度贫困乡镇脱贫攻坚战。市委副书记唐良智，市领导王显刚、刘强参加调研。

石柱土家族自治县中益乡，是陈敏尔定点包干的深度贫困乡镇。陈敏尔先后深入中益乡盐井村、坪坝村、全兴村，看望困难群众，与大家围坐在一起，了解致贫原因，共商脱贫之策。贫困户陈益华常年在外务工，儿子上大学，女儿上初中，家庭负担较重。陈敏尔关切地询问在家的小女儿陈小红就学的情况，勉励她好好念书，早日成才。贫困户何兴明长期患病，生活困难。陈敏尔强调，要进一步完善教育、医疗等保障政策，做好社会保障兜底工作，解决好因学因病致贫返贫问题。贫困户马学文告诉陈书记，因为缺技术导致贫困，现在想学好黄连种植技术。陈敏尔说，产业扶贫是扶根本、扶长远，要调整产业结构，加强技术培训，让贫困群众掌握实用管用的技术，努力做到“户户有增收项目、人人有脱贫门路”。看到贫困户生产生活逐步改善，陈敏尔鼓励大家靠辛勤劳动改变贫困面貌、过上幸福生活。

中益乡山清水秀，生态宜人，乡村旅游发展刚起步。在“黄水人家”乡村旅游专业合作社中益分社，陈敏尔详细了解合作社运营管理情况。他指出，要利用独特的山水、气候等生态资源，做好农文旅这篇文章，让“绿水青山”带来源源不断的“金山银山”。五度农业开发有限公司致力发展蜂蜜深加工，已开发出一系列畅销产品，陈敏尔对企业通过中蜂代种代养、股金分红等带动贫困户增收的做法给予肯定，鼓励企业加强技术创新，不断做大做强，带动更多贫困户稳定脱贫、持续增收。

随后，陈敏尔在中益乡召开座谈会，听取县、乡脱贫攻坚工作情况汇报。陈敏尔强调，打赢深度贫困地区脱贫攻坚战，要与时俱进深化认识，增强做好工作的思想自觉和行动自觉。要深刻认识贫困人口不多、但任务不轻，深刻认识调整目标进度、更要积极进取，深刻认识脱贫攻坚必须精准到人头、统筹到区域，认真对照“两不愁、三保障、一达标”要求，下足“绣花”功夫，集中力量攻坚，高一格脱贫，快一步致富。

陈敏尔强调，破解深度贫困问题，需要深度发力。要深度改善贫困地区生产生活生态条件，加快路、水、电、讯、房和环保等基础设施建设，补齐短板，破解瓶颈，打通“最后一公里”，让山里人走得出、山外人进得来、货能卖到山外、群众生活更便捷。要深度调整产业结构，立足资源禀赋和市场需求，积极发展乡村旅游业，大力发展绿色农产品生产加工，加快发展农村电商，促进农业“接二连三”，提高产业规模化、组织化、市场化程度，让贫困群众在产业链上增收受益，分享更多红利。要深度推进农村集体产权制度改革，创新扶贫体制机制，积极探索“资源变资产、资金变股金、农民变股东”的“三变”改革，推行“龙头企业＋合作社＋农户”等生产组织方式，让更多贫困户参与，让更多村级集体经济增长，促进农业增产、农民增收、生态增值。要深度落实各项扶贫惠民政策，推动易地扶贫搬迁、社会保障、教育、医疗等政策到村到户到人，提高政策含金量，增加群众获得感。

陈敏尔要求，做好深度贫困乡镇脱贫攻坚工作，要抓好规划制定，注重扶贫与发展联动，做到长短结合、切实可行。抓好项目落地，坚持边规划、边实施，抓紧启动一批群众迫切需要的项目，加大项目推进力度，确保有进度有形象。抓好资金统筹管理，管好用好扶贫资金，加大监督执纪问责力度，严肃查处扶贫领域的腐败问题。抓好队伍建设，选优配强乡党委和村“两委”班子，精准选派村“第一书记”，发挥基层党组织战斗堡垒作用，发扬特别能吃苦、特别能奉献的作风，把脱贫攻坚工作抓得更加精准扎实有效。

市有关部门负责人参加调研和座谈。

——2017 年 8 月 30 日重庆日报报道

陈敏尔：聚焦深度贫困精准发力
集中火力攻克坚中之坚

2018年12月5日，市委书记陈敏尔深入石柱土家族自治县中益乡和黄水镇、冷水镇，实地调研脱贫攻坚工作。他强调，深度贫困乡镇是我市脱贫攻坚战必须啃下的"硬骨头"。要深入学习贯彻习近平总书记扶贫重要论述，落实精准方略，聚焦深度贫困，围绕改善生产生活生态条件、调整产业结构、推进农村集体产权制度改革、落实扶贫惠民政策再发力，集中火力攻克坚中之坚。

市委常委、秘书长王赋参加调研。

中益乡是陈敏尔定点包干深度贫困乡。去年8月，他深入该乡实地调研并召开专题会议，与干部群众一道研究脱贫之策。一年多来，该乡深入推进产业结构调整，大力发展中蜂和中药材等产业，有力带动了全乡540户贫困群众脱贫。陈敏尔来到盐井村前胡种植示范基地考察，听取有关情况介绍。他说，产业是贫困群众最稳定的增收渠道。产业扶贫首要是选准、选好主导产业，要注重长效产业培育，让更多贫困户从产业发展中受益。

调研中，陈敏尔进村入户看望走访贫困群众。在中益乡坪坝村马学文家，老马高兴地告诉书记："我11月已经脱贫，春节还要住进新房，感谢党的好政策！"陈敏尔勉励他继续努力，住上新房子，更要过上好日子。在村民向朝文家里，陈敏尔与老向和贫困户向斌、周小珍座谈，鼓励他们坚定信心、早日脱贫。陈敏尔说，看到村里的变化，看到乡亲们脸上的笑容，我心里很踏实。只要大家齐心协力，一定能在脱贫致富路上越走越好。

在黄水镇万胜坝村，陈敏尔走进黄连、莼菜种植示范点，察看作物长势，询问栽培技术和市场销路，了解产业带动脱贫情况。在冷水镇八龙村生态旅游自驾营地，陈敏尔详细了解石柱康养旅游扶贫成效。他强调，要保护好、利用好独特的生态资源和人文资源，因地制宜探索康养产业业态和发展路径，积极推动农文旅融合发展，让绿水青山变出更多的金山银山。调研中，陈敏尔还考察了农村人居环境整治情况。

在调研和座谈中，陈敏尔指出，习近平总书记高度重视深度贫困地区脱贫问题，作出一系列重要指示，为我们做好工作指明了方向。去年下半年，市委精准识别 18 个深度贫困乡镇作为重中之重、难中之难来抓，由市领导担任指挥长，一对一定点包干，全力推动深度贫困地区脱贫攻坚。一年多来，在各级各部门和广大干部群众共同努力下，攻坚工作取得阶段性成效。当前，我市脱贫攻坚进入最为关键阶段，深度贫困乡镇是必须啃下的“硬骨头”，要一抓到底，往深里走、往实里做。

陈敏尔强调，要深入学习贯彻习近平总书记扶贫重要论述，聚焦深度贫困地区，集中精力、集中火力攻克坚中之坚。聚焦深度改善生产生活生态条件再发力，统筹推进脱贫攻坚和乡村振兴，着力补齐基础设施短板。聚焦深度调整产业结构再发力，大抓特抓山地农业、生态旅游和农村电商，推动农业“接二连三”，激发农村发展活力。聚焦深度推进农村集体产权制度改革再发力，提高生产组织化程度，完善利益联结机制，扩大贫困群众参与度和受益面。聚焦深度落实扶贫惠民政策再发力，把政策的“含金量”转化为群众的获得感，激发贫困群众内生动力。

陈敏尔强调，打赢打好深度贫困地区脱贫攻坚战，要靠坚强的领导、优良的作风来保证。全市各级党委要切实增强“四个意识”，自觉践行“两个维护”，坚决扛起脱贫攻坚的政治责任，严格落实“五级书记抓扶贫”，一级抓一级、层层抓落实。各级干部要保持良好精神状态，改进工作作风，做到带头干、带动干，深入抓、抓深入，坚决杜绝形式主义、官僚主义。农村基层党组织是脱贫攻坚的中坚力量，要进一步强化政治功能，提升组织能力，充分发挥基层党组织在脱贫攻坚中的战斗堡垒作用。

市有关部门负责同志参加调研。

——2018 年 12 月 6 日重庆日报报道

陈敏尔在石柱县蹲点访深贫促整改督攻坚时强调：提高政治站位　深化思想武装以更大担当更实举措推动巡视整改

2019年2月12日至14日，市委书记陈敏尔深入石柱县蹲点调研，访深贫、促整改、督攻坚，看望慰问基层干部群众，并召开落实中央脱贫攻坚专项巡视反馈意见整改“促改督战”工作座谈会。他强调，要学好用好习近平总书记关于扶贫工作重要论述，提高政治站位，深化思想武装，突出问题导向，贯彻精准方略，以更大的担当、更实的举措扎实做好巡视“后半篇文章”，为高质量如期打赢脱贫攻坚战奠定坚实基础。

市领导王赋、李明清参加。

初春的大娄山深处，寒意仍浓。3天时间，行程满满。中益乡、大歇镇、三河镇、西沱镇、万安街道……陈敏尔一行走进村社街道、田间地头访贫问苦，与基层干部交流谈心，面对面听取群众意见，一路看、一路听，研究解决脱贫攻坚中存在的问题，现场督导，一线办公，深入推动巡视整改工作。

中益乡坪坝村地处七曜山高海拔地区。2016年至2017年，该村易地扶贫搬迁存在落实政策有偏差等问题。陈敏尔实地察看安置房建设，入户了解搬迁群众生产生活情况。他说：“实施易地扶贫搬迁，要对标对表中央政策规定，做好后续产业支撑和就业扶持，把好事办好、实事办实。”水磨溪县级湿地自然保护区紧邻长江，陈敏尔强调，要坚持共抓大保护、不搞大开发,统筹解决好生态与生计问题。在三河镇大林村卫生室,陈敏尔察看贫困户健康档案,与医务人员交流时说,要提高医疗保障和服务水平,让贫困群众看得起病、看得好病、看得上病、少生病。

产业扶贫是稳定脱贫的根本之策。重庆峰牧渝凤家禽有限公司是当地农业龙头企业,陈敏尔希望企业提升标准化生产水平,强化与贫困户利益联结,更好地助力脱贫攻坚。走进中益乡华溪村脆桃种植园,陈敏尔考察农村“三变”改革助推特色产业发展情况。他说,推进农业结构调整,要把农民群众获益放在首位,让贫困户在产业发展中实现稳定脱贫。来到大歇镇电子商务综合服务中心,陈敏尔了解经营模式、物流配送、产品销售等,与农村电商经营户、供货贫困户和当地物流企业代表等座谈,研究解决农村电商发展及电商扶贫中存在的问题。他强调,要把农村电商作为推进农业结构调整的重要抓手,加强顶层设计、政策支持,为特色农产品“飞”出大山插上科技翅膀。

大年初十,石柱县就业和人才服务大厅一片繁忙,山东省淄博市企业专场招聘会吸引了许多群众。陈敏尔来到企业负责人和应聘人员中,询问用工需求和就业意向。重庆万力联兴实业有限公司是东西部产业扶贫协作项目,陈敏尔叮嘱有关部门负责人,要做好企业服务工作。在西沱镇南坪村金田农业公司良种猪繁育场和大歇镇龙王村生态养鱼项目整改现场,陈敏尔仔细察看整改进度,一一提出整改要求。他还前往中益乡调研扶贫资金国库集中支付改革试点,考察党建促脱贫工作。

陈敏尔十分牵挂大山里的乡亲们,他沿途随访群众、看望贫困户。在贫困群众谭启云家中,陈敏尔同贫困户和脱贫户代表、村党支部书记、驻村工作队队长、致富带头人、龙头企业负责人等围坐在炉火旁,共商脱贫增收之策。大家畅谈脱贫攻坚带来的实惠,对脱贫致富表达出满满的信心。陈敏尔说,看到乡亲们日子渐渐好起来,脸上有了暖暖的笑容，感到很高兴。希望大家再接再厉、努力奔跑，朝着乡村振兴不断迈进。

14日下午，陈敏尔召开“促改督战”工作座谈会。石柱县负责同志、基层干部和龙头企业代表在会上发言。陈敏尔认真听取发言，与大家交流讨论。

陈敏尔指出，抓好中央脱贫攻坚专项巡视反馈意见整改，是检验“四个意识”的试金石。整改不落实，就是对党不忠诚、对人民不负责。全市上下要提高政治站位，深刻认识巡视整改工作的重要性、紧迫性，切实增强责任感、使命感，扎实做好巡视“后半篇文章”，以实际行动践行“两个维护”。推进巡视整改工作，要从学习抓起，从根本上改起。要学好用好习近平总书记关于扶贫工作重要论述，原原本本学，联系实际思，知行合一做，把学习成果转化为工作具体行动，转化为群众实实在在的获得感。

陈敏尔强调，抓好巡视反馈意见整改，必须突出问题导向，增强整改落实的针对性实效性。要注重举一反三，既举好一，靶向施策解决具体问题，又反好三，主动发现和解决共性问题。要注重分类指导，针对不同时间节点、不同整改对象、不同整改内容，采取切实有效措施，确保问题全面整改到位。要注重分级负责，各级党委要担负起抓整改主体责任，纪检监察等部门要担负起监督责任，层层分解任务、传导压力。要注重落地见效，发扬钉钉子精神，加强整改跟踪问效，让老百姓得到更多实惠。要注重统筹兼顾，贫困区县要以脱贫攻坚统揽经济社会发展全局，既精准到人头又统筹到区域，持续发力、一体推进。

陈敏尔强调，高质量如期打赢脱贫攻坚战时间紧迫、任务繁重，要奔着问题去、揪着问题改，真正把“精准”二字贯穿始终。要精准推动产业扶贫，因地制宜发展山地特色高效农业，推动农业“接二连三”，完善利益联结机制，拓宽贫困群众增收渠道。要精准推进易地扶贫搬迁，严控建房标准，把握搬迁时效，搞好后续发展。要精准促进生态和脱贫双赢，积极探索生态扶贫有效路径，实现百姓富、生态美有机统一。要精准落实扶贫政策，推动教育扶贫、医疗扶贫、社会保障兜底等政策落地落实。要精准深化东西部扶贫协作，做精产业合作，做优劳务协作，做实援助项目。要精准抓好党建促脱贫，精准选派扶贫干部，着力解决干部作风问题。广大基层干部奋战在脱贫攻坚一线，条件艰苦、工作辛苦，要坚持严管与厚爱相结合，调动和保护好他们干事创业的积极性。

市有关部门负责同志参加座谈。

——2019 年 2 月 15 日重庆日报报道

陈敏尔深入石柱县中益乡华溪村党支部工作联系点调研指导并接访群众时强调：充分发挥基层党组织战斗堡垒作用 更好地组织群众宣传群众凝聚群众服务群众

12 月 3 日，市委书记陈敏尔来到他的党支部工作联系点石柱县中益乡华溪村党支部调研指导并接访群众，研究解决实际问题。他强调，要深入贯彻习近平总书记视察重庆重要讲话精神，全面贯彻新时代党的建设总要求和新时代党的组织路线，认真履行管党治党主体责任，不断提高基层党建工作质量，推动基层党组织全面进步、全面过硬，充分发挥基层党组织战斗堡垒作用，更好地组织群众宣传群众凝聚群众服务群众。

市领导王赋、李明清参加。

华溪村便民服务中心是村党支部服务群众的重要阵地，该中心整合群团服务、社会工作等，完善服务功能，为村民提供便捷服务。陈敏尔来到服务中心，与村干部交流，了解大家的工作情况，询问中心服务群众的创新举措，勉励大家扎根基层，为脱贫攻坚、乡村振兴继续贡献力量。

在华溪村偏岩坝院落，陈敏尔与干部群众围坐火炉，亲切交谈，调研指导村党支部建设。大家纷纷谈起去年 4 月习近平总书记深入中益乡华溪村，视察指导脱贫攻坚工作，给予乡亲们莫大关心、巨大鼓舞。一年多来，大家牢记嘱托、扎实苦干，乡村面貌发生了翻天覆地的变化。陈敏尔说,基层党组织在带领群众脱贫攻坚中发挥着至关重要的作用,华溪村党支部深化抓党建促脱贫攻坚,推动党的组织优势转化为扶贫优势,值得肯定。要保持良好精神状态,团结带领全村群众饮水思源、感恩担当,接续推进巩固拓展脱贫攻坚成果同乡村振兴有效衔接,把日子越过越红火,以实际行动回报总书记的亲切关怀。

陈敏尔与村党支部成员一起接访群众,了解社情民意,解决实际问题。村民花仁淑等向陈书记反映,近年来村里兴办起农家乐,产生的餐厨垃圾无法集中处理,公共卫生间也不足,希望增建相关设施。陈敏尔现场与县乡干部商量解决办法,要求把垃圾处理设施规划建设作为乡村振兴的基础性工作,深入推进"厕所革命",深化农村人居环境整治,把农村的设施和环境搞得更好。看到问题得到回应和解决,村民们高兴地鼓起了掌。陈敏尔强调,群众利益无小事。村(社区)党组织处于为民服务解难题的第一线,要把群众冷暖时刻放在心上,走好党的群众路线,加强与群众沟通联系,解决好群众诉求,维护好群众权益。

陈敏尔深入了解村党支部工作情况,现场指导支部加强自身建设。他强调,基层党组织是贯彻落实党中央决策部署的"最后一公里"。只有基层党组织坚强有力、党员发挥应有作用,党的根基才能牢固。今年以来,我市经历了战疫情、战复工、战贫困、战洪水等一系列大战大考,广大基层党组织经受了考验,广大党员干部经受了锻炼。全市各级党委要切实担起管党治党政治责任,保持大抓基层、抓实基层的强劲势头,持续提高基层党建工作质量,充分发挥基层党组织在重大任务落实中的战斗堡垒作用。要把政治建设放在首位,忠诚践行"两个维护",深入学习贯彻习近平新时代中国特色社会主义思想,巩固拓展"不忘初心、牢记使命"主题教育成果,扎实推动党的领导贯彻落实到基层。要突出重点领域,统筹抓好基层党建各项工作,注重扩大基层党组织的覆盖面,扎实推进党支部标准化、规范化建设,提高联系服务群众能力。要强化纪律作风，持续整治“四风”特别是形式主义、官僚主义问题，着力整治群众身边不正之风和腐败问题，健全基层减负常态化机制，让干部有更多时间和精力抓工作落实。要打造过硬队伍，建好村（社区）“两委”班子，配强基层党组织带头人，培养一支能征善战的基层干部队伍。广大基层干部奋战在一线，担子重、责任大，大家工作很拼、很辛苦。各级各部门要真正关心重视、支持帮助基层干部，为他们创造良好工作和成长条件。

石柱县，市有关部门负责人参加。

——2020 年 12 月 7 日重庆日报报道

唐良智在石柱县中益乡调研脱贫攻坚工作时强调：高质量抓好深度贫困乡镇脱贫攻坚工作

2017 年 12 月 20 日，市委副书记唐良智前往石柱县中益乡调研深度贫困乡镇脱贫攻坚工作。他强调，要深入学习贯彻党的十九大精神，按照市委五届三次全会部署，按照陈敏尔书记提出的“四个深度发力”的工作要求，高质量抓好深度贫困乡镇脱贫攻坚工作。

唐良智先后前往中益乡建峰村、坪坝村、盐井村、龙河村、华溪村，实地调研当地基础设施建设、产业结构调整、农村电商发展、基层党组织建设等情况，并主持召开座谈会，详细了解中益乡脱贫攻坚工作推进情况。

他指出，要坚持把脱贫攻坚工作与实施乡村振兴战略行动计划结合起来，把深度贫困乡镇脱贫攻坚与区域联动发展结合起来，深度改善生产生活生态条件，加大贫困村基础设施建设力度，加快补齐路、水、电、讯、房等发展短板，大力实施“厕所革命”，不断改善农村环境。要深度调整产业结构，立足当地资源禀赋和市场需求，大力发展乡村旅游和生态产业，努力实现“户户有增收项目，人人有脱贫门路”。要深度推进农村集体产权制度改革，以“三变”改革为切入点，促进农业增产、农民增收、生态增值，让贫困户享受更多改革红利。要深度落实各项扶贫惠民政策，推动易地扶贫搬迁、社会保障、教育、医疗等扶贫政策到村到户到人，不断增强群众的获得感。

唐良智强调，要高质量高水平做好当前重点工作，量力而行、远近兼顾，抓实抓细工程质量监管、年末岁初民生保障、基层党组织建设和干部队伍建设等，确保各项工作落到实处、见到实效。

——2017 年 12 月 22 日重庆日报报道

王赋来石柱慰问困难党员群众

新春佳节来临之际(2019 年 1 月 23 日),市委常委、秘书长、办公厅主任王赋到中益乡,走访慰问困难党员、群众,代表市委、市政府及陈敏尔书记送去新春的问候和祝福。县委书记蹇泽西参加慰问。

78 岁的汪祥顺是一名有着 45 年党龄的党员,曾担任原盐井乡沟口村党支部书记二十多年,夫妻二人与五子汪银华共同居住在盐井村的三间土木房屋里,夫妻二人无劳动力。黄玉兴有 58 年党龄,已经 80 多岁的夫妇在盐井村生活,黄玉兴患有慢性病,无法从事生产劳动。王赋走进他们家中,同他们一起围坐在火炉边,关切询问他们全家的生产生活情况,并向他们转达陈敏尔书记的新春祝福,感谢他们为村民作出的贡献,叮嘱他们要照顾好身体,开开心心过年。

华溪村的张剑峰患大病,2014 年被纳入建卡贫困户,目前该户“两不愁三保障一达标”均已实现,但存在较大的返贫风险,经民主评议,未将其纳入 2018 年脱贫对象。坪坝村的谭弟槐患有支气管炎等慢性病,全家人靠务工、发展种养业等,于 2018 年实现脱贫,去年 12 月全家搬进了坪坝村易地扶贫搬迁安置点的新房。王赋来到他们家中,走进厨房、卧室查看生活情况,关切询问他们的病情,鼓励他们要树立信心,依靠党和政府的好政策,努力发展生产,勤劳致富过上小康生活。

每到一户,王赋都送去被褥、食用油、大米等慰问品,让他们感受到党和政府的关怀和温暖。

随后，王赋还看望了驻乡工作队员，关心他们的工作和生活情况，了解中益乡脱贫攻坚工作情况。

——2019 年 1 月 23 日石柱报报道

李明清在中益乡调研脱贫攻坚工作时强调：深度统筹脱贫攻坚与乡村振兴战略

2018年3月27日，市政府副市长李明清来我县中益乡专题调研脱贫攻坚工作。调研中，他强调，要深刻领会、全面贯彻习近平总书记关于大力实施乡村振兴战略和打好脱贫攻坚战的重要指示，以及市委书记陈敏尔对脱贫攻坚工作提出的“四个深度发力”等要求，深度统筹脱贫攻坚与乡村振兴战略，把乡村振兴作为新时代“三农”工作的总抓手，向产业兴旺聚焦发力，用实实在在的举措增加农民收入，高质量推进脱贫攻坚，不断满足人民群众对美好生活的向往，实现乡村全面振兴。

李明清一行先后前往建峰村、坪坝村、华溪村、龙河村等地，实地调研基础设施建设、产业结构调整、基层党组织建设、农村电商发展等情况。调研中，他重点了解了驻村干部工作中存在的阻力、群众矛盾化解办法以及举家外出贫困户帮扶举措等情况，并指出，群众工作要充分发挥“亲情链”（坪坝村具体工作办法，即筛选梳理贫困户主要社会关系中具有帮扶能力的亲友，从产业、教育、精神激励层面建立贫困户与亲友之间的帮扶机制）作用，打好“感情牌”，不断激发群众内生动力；项目建设、产业发展要把老百姓请进来、动员起来，让其参与进来，建立健全利益联结机制，真正让老百姓受益。

在座谈会上，详细了解了中益乡脱贫攻坚推进情况后，李明清指出，中益乡的脱贫攻坚工作以改变贫困户、基层干部的精神面貌、工作作风为切入点，思近谋远，用改革的办法推进脱贫项目，建立起了有效发挥攻坚活力的工作机制，精准精细推进各项工作，取得了明显的发展成效，乡村面貌发生了显著变化。

他要求，要进一步强化做好脱贫攻坚工作的思想遵循和理论武装，通过开办脱贫攻坚与乡村振兴讲习所，深刻领会、精准把握脱贫攻坚工作的方向、目标和要求，确保工作方向不偏，脱贫效果经得起历史和实践的检验；要把深度贫困乡镇的脱贫攻坚与区域联动发展有机结合，协调推进基础设施建设、产业发展、乡村旅游、民生实事各项工作；要按照绿色化、优质化、特色化、品牌化的标准，精心培育支柱产业，引进新型经营主体，建立专业合作社，逐步显现产业结构调整效果；要统筹推进村级党组织、村级集体经济组织以及村民委员会的建设，探索建立统分结合经营制度，发展壮大村级集体经济；要通过开展群众素质提升行动、建立群众与业主的利益联结机制、打造一批留得住的基层干部、设立一批专项救助资金等途径，建立健全巩固脱贫成果、稳定增收致富的长效机制；要深入开展脱贫攻坚作风建设年活动，加强项目资金监管，防止脱贫攻坚工作中的形式主义；要积极组织开展“我的脱贫路”“我的扶贫故事”等主题宣讲活动，激发群众内生动力，提振扶贫干部“精气神”，不断推进脱贫攻坚向纵深发展。

县委副书记姚庆江、县政府副县长陆俊昌一同调研。

——2018 年 3 月 28 日石柱网报道

解剖麻雀兴调研 学习整改促落实
市领导赴石柱开展“不忘初心、牢记使命”主题教育集体调研

2019年7月15日至16日，在习近平总书记视察重庆并主持召开解决“两不愁三保障”突出问题座谈会三个月之际，市委书记陈敏尔，中央第十指导组组长杜宇新，市委副书记、市长唐良智，市人大常委会主任张轩，市政协主席王炯，带队赴石柱土家族自治县开展“不忘初心、牢记使命”主题教育集体调研。

市委常委，市人大常委会、市政府、市政协、市高法院、市检察院负责同志，中央指导组成员参加。市有关部门、扶贫开发工作重点区县及18个深度贫困乡镇负责同志参加。

电商为山区农产品“插上”翅膀，飞向广阔市场。石柱电商产业园建立了电商大数据中心，采集分析全网大数据，根据市场需求打造网货产品17款，发展“订单”农业5000亩。走进嘴吧铺子商贸有限公司，调研组一行与石柱中益乡本土创业者交谈，鼓励他们更好地服务贫困群众，更好地服务山区发展。看到墙上“脱贫不等不靠、致富敢闯敢冒”的话语，大家纷纷点赞。考察中，调研组还走进网络产品直播室、蚁农网产品分拣部，了解特色农产品销售网络、价格等，仔细询问电商平台促进山区群众脱贫致富取得的新成效。

“基地面积有多大？”“受益农户有多少？”“收益怎么分？”在中益乡华溪村脆桃种植基地，调研组详细了解石柱县、中益乡贯彻落实习近

平总书记重要指示精神，按照市委部署要求推进脱贫攻坚工作的情况，以及华溪村深化农村“三变”改革带动脱贫的进展。华溪村按照“益农益旅”原则，不仅发展脆桃套种西瓜，还拓展休闲观光、采摘体验功能布局，不少村民开办了农家乐，生意一天比一天红火。调研组一行叮嘱当地干部群众，要进一步探索建立稳定脱贫长效机制，带动贫困群众持续长效增收。

在中益乡坪坝村便民服务中心，调研组深入了解中心党建带动脱贫情况。该村党支部始终把党建作为推动脱贫攻坚工作的保障，提升“三力”，共建“三链”，确保“三方”共赢。调研组一行与在便民中心做手工的村民亲切交流，了解到该村农户在党支部帮助、龙头企业带动下，增强发展和脱贫内生动力，2018 年村人均产业收入增加 1100 元后，大家频频点头赞许。

“总书记来我们学校后，这里每周都有新变化！”在中益乡小学，校长谭顺祥向大家介绍起 4 月中旬以来学校的点滴变化，语气喜悦而激动。站在刚铺好的塑胶跑道上，调研组一行不时询问关心孩子们的教育和衣食住行。得知不远处的学校食堂即将扩建，孩子们将在更宽敞明亮的环境就餐，大家感到十分欣慰。

“我 86 岁了，党龄 45 年。我父亲是地下党，儿子陈朋已经成为了入党积极分子。我要继续发挥党员先锋模范作用，党交给我的任务，我一定不打折扣地完成，对得起党组织！”老党员马培清在自家院坝迎来了调研组，她向调研组详细回忆起习近平总书记亲临自家时的点点滴滴。“党的政策越来越好，现在，我家的房子建好了，门前的公路拓宽了，出门不沾泥了，心里说不出的高兴。”马培清当着大家表了态——自己要“不忘初心、牢记使命”，积极宣传习近平总书记视察重庆重要讲话精神，带动更多乡亲脱贫致富。听完马培清的话，调研组成员纷纷表示要向老党员学习，叮嘱马培清老人保重身体。

调研组还分别前往黄水镇万胜坝村莼菜种植基地、黄连良种繁育基地、黄精种植基地、三红辣椒专业合作社、石柱县人民医院、三河镇大林村卫生室,深入了解当地落实习近平总书记重要指示精神,扎实开展产业扶贫、医疗扶贫等情况。调研中,大家深刻感受到了习近平总书记深厚的为民情怀,深刻感受到总书记对脱贫攻坚工作一直“念兹在兹”“亲力亲为”“领战督战”,也深刻感受到总书记对重庆发展和干部群众的关心厚爱,感受到广大干部群众对总书记的爱戴,受到了深刻的党性教育,达到了思想政治受洗礼的目的。

当前,石柱县“两不愁三保障”工作日渐到位,电商产业和莼菜、黄连、黄精等特色产业做强做大,同贫困群众利益联结机制日渐紧密。中益乡基础设施不断完善、产业结构不断深度调整、集体经济在发展壮大、乡村振兴活力得到焕发、老百姓增收致富干劲特别足。

调研中,大家表示,通过解剖麻雀式调研,进一步增强了做好脱贫攻坚工作的责任感和使命感。要如期高质量完成脱贫攻坚任务,必须深入贯彻习近平总书记关于扶贫工作重要论述,坚决落实总书记视察重庆重要讲话精神,时刻把群众挂在心中,践行全心全意为人民服务的宗旨,认真履职尽责,从切实解决“两不愁三保障”问题入手,持续改善农村的发展条件,不断夯实农业的产业基础,稳定增加农民的各种收入,统筹推进脱贫攻坚和乡村振兴,确保全面建成小康社会目标顺利实现。

——2019 年 7 月 17 日重庆日报报道

市委办公厅扶贫集团进一步加大对口帮扶力度推动我县脱贫攻坚往深里走、往实里走

2019年9月16日，市委办公厅扶贫集团对口帮扶我县工作会议在中益乡召开。受市委常委、秘书长王赋委托，市委办公厅副主任李小平作工作部署，市委办公厅二级巡视员、扶贫集团驻中益乡工作队队长李建树主持会议。县委副书记姚庆江就对口帮扶我县工作进行了汇报。

据介绍，2018年以来，在市委办公厅的大力推动下，扶贫集团各成员单位认真履行对口帮扶政治责任和社会责任，坚持"教育扶贫优先、基础设施跟进、特色产业增收、扶贫搬迁安置、医疗救助解难、走访慰问暖心"的工作思路，2018年累计筹集帮扶资金和物资折合人民币515.52万元，计划今年新增帮扶资金400万元，为我县高质量打赢打好脱贫攻坚战提供了有力支撑和强大动力。

记者在会上了解到，今年以来，市委办公厅扶贫集团在充实帮扶力量上持续聚力用劲，帮扶成员单位从17个增加到23个，对口帮扶我县的力量进一步加强；在攻克深度贫困堡垒上持续聚力用劲，各成员单位负责人先后50余次到中益乡指导工作，同时增派5名干部到贫困村担任第一书记，为我县攻克深度贫困堡垒奠定了坚实基础；在蹲点调研上持续聚力用劲，帮扶成员单位共计150余人来我县蹲点调研，走访30多个贫困村200多个贫困户，协调解决各类脱贫攻坚突出问题204个；在扶贫项目上持续聚力用劲，对六塘、王家、新乐等乡镇

的基础设施和产业大力帮扶,有效改善群众生产生活条件;在用心用情帮扶上持续聚力用劲,帮扶成员单位多次为中益乡小学、官田小学、冷水镇政府及部分贫困群众捐资捐物,助力脱贫攻坚。

李小平强调,各成员单位要深入贯彻习近平总书记视察重庆重要讲话和亲临石柱视察调研重要指示精神,进一步提高政治站位,持续加大帮扶力度,推动我县脱贫攻坚往深里走、往实里走,切实解决"两不愁三保障"突出问题,助推石柱打赢打好脱贫攻坚战;石柱要坚持新发展理念,坚定不移走绿色发展道路,坚持学好用好"两山论",走深走实"两化路",坚持把生态优势转化为经济优势、发展优势,推动生态产业化、产业生态化,努力实现百姓富和生态美有机统一;要统筹协调脱贫攻坚和乡村振兴一体推进,精准发力、形成合力,全面推动乡村产业振兴、人才振兴、文化振兴、生态振兴、组织振兴,努力开创石柱"三农"工作新局面。

——2019 年 9 月 17 日石柱网报道

攻坚克难　逐梦中益

中益乡脱贫攻坚誓师大会吹响总攻号角

2017年9月30日，我县深度贫困乡——中益乡召开脱贫攻坚秋季攻势誓师大会。县委书记、中益乡脱贫攻坚工作指挥部副指挥长蹇泽西在会上强调，攻克中益乡深度贫困的总攻号角已经吹响，全县上下务必以开局就是决战、起步就是冲刺的状态，撸起袖子加油干、迈开步子加快赶，通过中益乡的示范引领，带动全县如期高质量打赢脱贫攻坚战，以新的状态、新的业绩，迎接党的十九大胜利召开，为全面建成小康社会作出新的更大贡献。

蹇泽西要求，全县上下要统一思想、凝聚力量，务必深化"三个深刻认识"、聚焦"四个深度发力"，以等不起的紧迫感、慢不得的危机感、坐不住的责任感，扎实抓好中益乡脱贫攻坚各项工作，坚决打胜这场破釜沉舟、不胜不休的攻坚战；要突出重点、深度发力，打好精准识别、基础设施建设、易地扶贫搬迁、产业扶贫、农村产权制度改革、扶贫惠民政策落实等硬仗，坚决打胜这场补齐短板、共奔小康的攻坚战。

蹇泽西强调，中益乡党委政府要认真落实脱贫攻坚主体责任，始终把脱贫攻坚工作放在心上、抓在手上、扛在肩上；脱贫攻坚指挥部办公室要认真履行职能职责，加强统筹协调，确保各项工作运转有序；驻乡驻村工作队要认真落实"三在村"要求，进一步在政策落地、精准施策、产业扶贫等方面狠下功夫；组织、纪检、监察部门要严格监督执纪问责，对在脱贫攻坚工作中不作为、慢作为、乱作为的干部，特别是在扶贫资金上搞贪污挪用、截留私分，优亲厚友、虚报冒领的干部，坚决从严从重查处。广大贫困群众要始终保持勤劳善良品质，大力支持产业发展、项目建设，主动参与、主动支持，不等不靠、自力更生，争当“我脱贫我光荣”的典型，不当“靠着墙根晒太阳、等着别人送小康”的懒汉，坚决打胜这场全民皆兵、守土有责的攻坚战。

市委办公厅副巡视员、指挥部办公室主任李建树在讲话中表示，驻乡工作队将坚持以习近平总书记系列重要讲话精神为指导，以市委书记陈敏尔视察中益乡时的指示要求为遵循，坚决贯彻市委、市政府脱贫攻坚新部署，全面落实中益乡脱贫攻坚指挥部和石柱县委、县政府各项工作要求，发扬“打头阵”“创一流”的工作精神，进一步细化工作措施，明确工作责任；以铁一般的信念、铁一般的担当、铁一般的纪律，积极进取，主动作为，按照“四个深度发力”的要求，重点从基础设施建设等方面着手，下足“绣花”功夫，促进贫困群众“高一格脱贫，快一步致富”。

中益乡党委书记谭燕子以及村组干部代表、驻村工作队代表、致富带头人代表、贫困户代表分别做了表态发言。

中益乡脱贫攻坚工作指挥部副指挥长左军、李燕明、孙开武，姚庆江、陈爱军、向东、李智、王琼英等指挥部成员，驻乡、驻村工作队全体成员，中益乡全体干部职工，企业代表，党员、群众和贫困户代表，施工队伍代表参加誓师大会。

——2017 年 10 月 9 日石柱网报道

石柱:“六大硬仗”攻克中益乡深度贫困“堡垒”

2017 年 9 月 30 日,从石柱土家族自治县中益乡脱贫攻坚秋季攻势誓师大会上获悉,该县将群策群力打好“六大硬仗”,攻克中益乡深度贫困“堡垒”,让群众富起来,让生活好起来,让家园美起来,以更崭新的面貌喜迎党的十九大胜利召开。

石柱县自脱贫攻坚战打响以来,全县严格按照精准扶贫、精准脱贫基本方略,坚持把脱贫攻坚作为头等大事和第一民生工程来抓,推动脱贫攻坚工作取得阶段性明显成效。中益乡作为全市 18 个深度贫困乡镇之一,全县上下务必深化“三个深刻认识”、聚焦“四个深度发力”,以等不起的紧迫感、慢不得的危机感、坐不住的责任感,打好“六大硬仗”。

一是打好精准识别硬仗。要深入开展贫困户精准识别,详细掌握每家每户生产生活情况,为推进精准扶贫、精准脱贫打牢基础。

二是打好基础设施建设硬仗。要坚持边规划、边实施、边推进原则,开工建设一批生产生活生态项目,确保天天有行动、月月有进展、年内有形象。

三是打好易地扶贫搬迁硬仗。要抓紧出台中益乡住房安稳工程实施方案,启动集中居民点建设,推进农村危旧房改造工程,全面改善贫困户住房条件。

四是打好产业扶贫硬仗。要制定中益乡产业结构调整工作方案,分村落实中蜂、中药材、水果、干果等种子种苗、地块面积,确保明年中益乡见不到玉米等传统低效益种植作物。

五是打好农村产权制度改革硬仗。要出台“三变”改革试点方案，探索依托村集体组建股份制合作社办法，推广 4 种资产收益扶贫模式，努力为全市提供可复制、可借鉴、可推广的经验。

六是打好扶贫惠民政策落实硬仗。要研究制定中益乡特色产业、民宿经济发展等“个性化”政策措施，结合精神扶贫“六大行动”，认真宣传落实各项扶贫惠民政策，实现政策含金量、精准度和群众满意度“三提高”。

“攻克中益乡深度贫困的总攻号角已经吹响，让我们整装扬旗、威武出征，誓师立令、高歌猛进，以开局就是决战、起步就是冲刺的状态，撸起袖子加油干、迈开步子加快赶。”石柱县委书记蹇泽西在誓师大会上强调：力争到 2020 年中益乡发生翻天覆地的变化，成为全国一流的脱贫攻坚示范乡镇，成为生态美、产业兴、百姓富、可持续的绿色发展小康镇。

——2017 年 10 月 2 日人民网重庆频道报道

中益乡第一家集体控股企业成立

2017 年 11 月 8 日，中益乡华溪村村委会前人声鼎沸、锣鼓喧天，由华溪村村民组建的中益旅游开发有限公司正式成立。

开业庆典上，县工商局局长杜军向中益旅游开发有限公司颁发了营业执照。华溪村党支部书记、公司法人王祥生致辞并介绍了公司情况。中益乡脱贫攻坚工作办公室主任李建树、县政府党组成员李镇江一起为公司揭牌。李镇江对公司的成立表示祝贺，预祝公司生意兴旺、财源广进、蒸蒸日上，创造辉煌的业绩。

据介绍，中益旅游开发有限公司采取村集体筹资、个人入资的方式组建，公司下设九个业务部门，主要经营“旅游开发、建筑劳务服务、运输服务、畜禽养殖”等业务，吸纳本村技术型人才、本村劳动力作为公司运营的生力军，经营盈利都归股民所有，由股民决定集体盈利分配，真正实现“资源变股权、资金变股金、农民变股民”。

发展壮大集体经济，提高自身造血能力，是解决“三农”问题的关键，是农民脱贫致富的重要途径，中益旅游开发有限公司作为中益乡第一家集体控股企业，为中益乡集体经济的发展开创了良好的开端。

——2017 年 11 月 10 日石柱网报道

石柱中益乡摆开“农夫集市”农民带着“扫一扫”来卖山货

干花生每斤 4 元，土鸡每斤 20 元，野生板栗每斤 6 元……2017 年 11 月 18 日，石柱土家族自治县中益乡华溪村居民小区广场上，摆开了热闹的“农夫集市”，该乡 7 个村的村民们带着黄连、板栗、蜂蜜等土特产来赶集。而赶来购买土特产的，大多数是来自主城和石柱县城的城里人。一会儿工夫，这些城里人的大包小包就装得满满当当。

这是石柱县第二届“11·18”电商日暨中益乡“农夫集市”的活动现场。在当天的集市中，游客不仅能现场购买当地土货，还能通过网上购买享受送货上门。令人欣喜的是，随着农村电商在该县的推广和普及，不少农民还带着二维码来到现场卖山货。

让原汁原味的农产品走出大山

中益乡是全市 18 个深度贫困乡镇之一。该乡海拔在 800～1900 米之间，面积 155 平方千米，森林覆盖率在 84％以上，境内盛产蜂蜜、黄连、银杏、竹笋等，是全市唯一命名的“笋竹特色乡镇”。

有这么多的好东西，却一直养在深闺人未识。坪坝村村民罗先群告诉重庆日报记者，过去，她在山里采摘的野生板栗、竹笋、白果等特产根本卖不出去，只能自家吃。山货在家放久了，有的就坏掉了，十分可惜。

如何让中益乡原汁原味的原生态产品走出大山？“双十一”电商热潮刚过，石柱县第二届“11·18”电商日暨中益乡“农夫集市”活动就拉开帷幕。这场由市商委、石柱县政府牵头举办的活动，目的便是打通深度贫困地区农产品上行“最初一公里”，让中益乡的“绿水青山”真正变成源源不断的“金山银山”，帮助贫困群众脱贫增收。

这不，消息一出，全乡 7 个村的村民们都提着竹篮、背着背篓赶来了。

罗先群将捡来的带刺野生板栗挨个砸开、凑了 10 多斤，还带来了家里的糯米、白果等特产；华溪村 78 岁的马士元老人把自家的蜂蜜装了 12 斤，早早地来到集市上……原汁原味的土货受到城里人欢迎，村民的土货摊子很快便被游客围住了。

农民卖山货用上二维码

在当日的“农夫集市”现场，让记者颇感意外的是，不少农民也紧跟智能生活的节奏，用上了二维码推销自己的土特产。

在广场左侧的一角，一排土货摊子格外引人注目。村民们在自家的土货前方用砖头压上了一张纸，上面印着“扫码付款”和一个显眼的二维码，支持微信、QQ、支付宝支付。这些二维码是光明村电商服务站为村民量身定制的，多是农户家中擅长使用智能手机的年轻人的手机付款码。

光明村上进组村民彭广学站在这土货摊子的最左侧。这天，他只带来了几个芋头、几个佛手瓜。“这些都是样品，想买的话可以在网上下单。”彭广学告诉前来咨询的游客。他说，村里现在有了电商平台，平时家里的鸡蛋、花生、洋芋粉等存上一批，就去电商平台卖。今年他新种了芋头和佛手瓜，于是便趁着这个机会来为自己的新产品打广告。

在他身旁的马泽华带来了10多斤蜂蜜和一些花生。“游客没带现金或是自己没法找零,通过扫一扫二维码支付就行了。”马泽华对这样的支付方式已经很熟悉。

在广场的另一侧,“印象石柱”“中益乡电商综合服务中心”“寻农记”等本地电商企业也摆出丰富的土特产吸引游客,并提醒游客通过扫二维码在线上购买石柱土货,可以直接送货到家。

电商扶贫助力贫困乡脱贫

“农夫集市”当天,游客和中益电商综合服务中心共向前来赶集的贫困农户购买了近10万元的山货,但当天没能来赶集的农户也有望通过电商平台实现脱贫增收。

当天,45岁的光明村前进组贫困户谭登昌从重庆寻源记电子商务有限公司领到了20只蛋鸡鸡苗。3个月后,这批蛋鸡将开始产蛋,该公司也将以高于市场价10%的价格从农户手中回收鸡蛋。该公司负责人申浩介绍,他们此次与中益乡光明村100户贫困户签订了帮扶协议,通过为每户免费发放鸡苗、配备专家指导农户生态化饲养、集中配置标准化鸡舍等方式,帮助光明村形成土鸡、土鸡蛋产业化,并对所产土鸡及鸡蛋实现全额回购,从而帮助村民脱贫增收。

当天,“网上村庄”“千野羊行”等电商平台分别与中益乡签订电商扶贫帮扶协议,重庆阅游科技有限公司、中益乡村级电商服务站点也与贫困户代表签订一对一电商帮扶协议,将通过电商平台销售农产品、组织游客与贫困户面对面对接扶贫等方式,助推该乡脱贫攻坚。

目前,中益乡已建成1个电商综合服务中心、7个村级电商服务站点,引进了一些电商企业开展运营工作。目前,这些企业已与200户农户签订了农产品购销协议,负责收购和销售农产品,帮助他们实现脱贫增收。

——2017年11月19日重庆日报报道

中蜂——中益乡村振兴的甜蜜大使

核心提示

乡村要振兴，离不开产业，产业兴旺是乡村振兴的“牛鼻子”。就重庆而言，深入推进农业供给侧结构性改革，提高农产品供给体系的质量和效率，走一条现代山地特色高效农业的发展之路，承载着农业强、农村美、农民富的历史使命。

8 月 24 日下午，烈日炎炎。石柱土家族自治县中益乡华溪村海拔 1300 余米的一处崖壁下，66 岁的蜂农向学元“逮”住市畜牧技术推广总站的蜂业专家程尚，非要他为自己上一堂“私教课”。

重庆日报记者放眼望去，在这处 200 余米长的崖壁下，错落有致地排列着 60 余桶或方或圆的蜂箱。这次，向学元“拉”程尚上山现场授课，就是为了其中 20 余个新式活框蜂箱，想请教过箱及相关管理技术要领。

三个多月前，中益乡鼓励蜂农改用新式活框蜂箱，不少蜂农还心存疑惑，如今，蜂农们已转变观念，全乡中蜂养殖热情空前高涨，目前已扩大到 6000 多群。

“中蜂，已成为我们乡村振兴的甜蜜大使。”中益乡相关负责人称，2017 年以来，该乡将中蜂产业作为发展现代山地特色高效农业的支撑产业，出台相关政策、引进蜂产品精深加工企业、打造蜜蜂旅游文化，一幅中华蜜蜂特色小镇的诗意画卷正在这个深度贫困乡镇徐徐展开。

传承　让蜜蜂养殖扛起脱贫攻坚重任

中益乡是重庆18个深度贫困乡镇之一，全乡7个村中目前仍有4个贫困村，贫困人口465户1590人。

由于地处大风堡原始森林深处，中益乡有着绝佳的养蜂条件：地广人稀，有着14113公顷林地；蜜源植物种类多达30余种，槐花蜜、百花蜜、盐肤木蜜更是远近闻名；饲养蜜蜂历史悠久，积累了丰富的经验。

但是，长久以来，这里交通闭塞、信息不畅、市场不活，蜂农家的上等野生蜂蜜基本上自产自销，难以形成致富产业。随着外出务工人员越来越多，不少蜜蜂因长期无人管护而失踪。

“像我这样靠蜜蜂养殖养家的，全乡只有几家了。”向学元因近年患上严重的风湿病，不再适合外出打工，便将蜜蜂培育到40多桶，每年可收获100多斤蜂蜜，托城里的亲戚代销，一年能有1万余元收入。

2017年，石柱县出台了扶持中蜂产业的相关政策，中益乡也将蜜蜂列为高山区域发展绿色产业的主角。按照规划，到2020年，中益乡要发展中蜂2万群，实现产值2000万元。这让向学元养殖中蜂的信心更足了。

经调查，中益乡野生蜜源植物3万亩，不过，按照2018年要新发展6000群蜜蜂的计划，还需培植2万亩蜜源植物。因此，中益乡调整了农业产业结构，结合退耕还林工程，立体培植了约2万亩蜜源植物，其中包括珍贵中药材植物等。

中益乡中蜂产业发展得到了市、县农委的大力支持。市农委、市畜牧技术推广总站、石柱县委县政府多次派出专家和养蜂能手，到中益乡开展培训，指导其蜜蜂产业发展。

“未来，蜜蜂生产主体培育是重庆蜜蜂产业发展的重点项目之一。”重庆市畜牧技术推广总站副站长王永康介绍，《重庆市蜜蜂产业链建设规划（2018－2020年）》将蜜蜂生产主体培育与脱贫攻坚相结合，以18个深度贫困乡镇为重点，大力推动蜜蜂养殖扶贫。

今年，石柱县财政还整合有限资源，下拨了700多万元中蜂产业发展补助资金，加强中蜂良繁体系建设、鼓励蜂农扩大养殖规模、培训蜂农改进养殖管理技术等。如，针对蜂农传统的圆桶蜂箱存在育王难等缺点，该乡鼓励蜂农采用新型的方桶活框养殖。按政策，每采购一个方框蜂箱，贫困户可获550元财政补助，一般农户也可享受300元补助。愿意享受政策发展方框养殖蜜蜂，却因没时间、缺技术等原因不能在家养的，还可以委托村集体代养，年末按三七比例分红。

“听说方桶活框养殖技术要求高，我们一大把年纪了，学得会吗？”这些补助政策一出台，不少养了几十年圆桶蜜蜂的蜂农犹豫起来。不过，受邀参加了市里专家开授的现代养蜂技术培训课后，向学元心动了，仅花1000元便买回了20个新式活框蜂箱。

很快，中益乡蜂农新采购了3410群中蜂，其中贫困户340户，总计享受补贴20余万元。

加工　让大山里的好蜂蜜卖出好价钱

蜜蜂养殖规模扩大了，昔日的销售难如何破题？

“以往卖出的蜂蜜价格为每斤100元左右，而其他地方的蜂蜜经加工后可卖300元一斤。”中益乡产业部工作人员介绍，如果还靠自产自销、单打独斗，肯定不行！必须引进蜂产品企业，走精深加工之路。不过，大山里的中益乡没有一家企业，村集体经济基本为零，如何才能引来投资者进山办企业？

中益乡决定先“筑巢”,请来人大代表、政协委员、企业老板组成“智囊团”,为山地特色高效农业的规模化、组织化、市场化及招商引资献计献策。

一个名叫宋建的小伙子被说服了,进山投资建了一个蜂蜜加工厂,与141户贫困户签订了代养代销协议。按照他的分红政策,去年有141户贫困户获得分红9600元。

“现在最便宜的蜂蜜都要卖160元一斤。我家养了20箱蜜蜂,去年赚了一万多元。”华溪村蜂农谭文祥说,养蜂投入少,劳动强度不大,现在产品也不愁销路了,“有搞头!”

为拓展中益蜂蜜销路,今年2月,中益乡又出台了补助政策,凡是加工销售中益蜂蜜的经销店,政府补贴该经销店50%的装修费用,补贴上限为50万元。

“重庆蜜蜂产业发展任重道远。首先就是要大力扶持培育蜂产品龙头企业,引导和扶持企业开发高附加值蜂产品。”重庆市畜牧技术推广总站特色科科长景开旺说,还要引导企业、专业合作经济组织树立品牌意识,打造地标产品、著名商标、知名品牌,支持创建地域特色突出、产品特性鲜明的区域公用品牌。

前不久,石柱招商引资引来了蜂产品深加工企业——“云南中蜂”公司,其将在石柱办厂,加工生产蜂蜜发酵酒、蜂蜜化妆品、蜂蜜保健品等,预计可年加工蜂蜜1000吨,实现产值2.4亿元,这必将进一步提高中益蜂蜜的附加值,助力中益乡群众早日脱贫致富。

跨界　打造中华蜜蜂小镇助力农旅融合

“咦,这里的房子怎么统一刷成了姜黄色,好漂亮呦!”前不久,一位名叫姜伟的外地游客来到中益乡避暑时,对公路沿线新打造的农房充满好奇。

同行的中益乡干部谭华祥卖起了关子："你仔细看看，这些姜黄色的房子，像什么动物？"

姜伟仔细打量了其中一栋全木结构的吊脚楼，突然发现二楼的护栏边悬挂着一个蜂箱，他立即猜到了："姜黄色，这房子像一只中蜂！"

谭华祥连连点头："这是中益乡刚启动的一项农村人居环境改造项目，农房外观设计上突出蜜蜂元素，功能上要服务乡村旅游。明年你来中益乡避暑，可以住这些蜂蜜旅馆了！"

原来，中益乡发展壮大中蜂产业，不仅仅是为了卖蜂蜜这一单买卖。

中益乡背靠"大风堡"国家4A级景区，与旅游重镇黄水镇接壤，夏季常年气温22℃～25℃，拥有保存完好的土家风貌传统民居院落。依托日益壮大的中蜂产业，未来几年，中益乡将打造以蜜蜂文化为主题，集休闲、观光、体验、采摘为一体的蜂旅结合发展产业品牌，建成以风景养眼、文化养心、美食养生、生活养精、运动养身、健康养老为特色的蜜蜂特色康养小镇。

如今，一个投资1300万元的中华蜜蜂谷项目即将启动。在这条长2千米的山谷里，游客可观看养蜂基地，可现场体验取蜜，可欣赏蜜源植物。今年10月，中益乡还将启动中华蜜蜂博物馆建设，集中展现当地养蜂历史、原始的古法养蜂场景、崖洞养蜂技巧等文化……

"我们对蜜蜂产业充满希望！"中益乡副乡长郎滔介绍，下一步，中益乡要发展以"绿色生态、蜜蜂文化"为特色的生态观光旅游产业，让蜜蜂产业成为现代山地特色高效农业的一张名片。

——2018年8月31日重庆日报报道

石柱:“苦藤”结出“致富瓜”

初冬时节,地处高海拔地区的重庆市石柱土家族自治县中益乡坪坝村,早已寒气逼人,但沿着公路延伸一眼望不到边的瓜蒌园,金黄色的瓜蒌挂满藤蔓,忙碌其间的人们,忙而有序地采摘、装筐、背运、堆码、分级……到处呈现出一派繁忙景象。

2017 年 8 月,中益乡被确定为市级贫困乡。作为贫困村的该乡坪坝村两委一班人,连同市、县派驻该村的驻村干部,在各级党政的领导下,积极探索“三权”激活“三变”改革,按照企业提供种苗、肥料、瓜蒌等生产物资、技术管理及市场销售等服务入股,持股 50%,农户以土地和劳动力入股共同持股 42%,所在村负责土地及种植协调、争取政策支持等工作持股 8%的合作模式,发展瓜蒌种植 120 余亩,贫困户通过入股分红,确保贫困户增收脱贫。

荒田荒地变绿海

坪坝村距石柱县城 55 千米,距中益乡政府 9 千米,面积 29 平方千米,背靠黄水大风堡,平均海拔 1000 余米,官田河顺两山穿越全村。全村共有 525 户 1367 人,2017 年末有贫困户 88 户 309 人。坪坝村地广人稀、土地贫瘠,大量劳动力外出,耕地撂荒问题突出。

按照精准扶贫精准脱贫要求,坪坝村结合村情民意,科学规划建设项目，整合涉农项目资金，改革创新扶贫机制，大力发展以瓜蒌为主的中药材产业，着力建设“生态美、产业兴、百姓富”的生态小康村。

“历史上的坪坝村是一个典型的‘空壳村’，属于山区地貌，村集体经济一片空白。”坪坝村党支部书记刘成勇介绍，村里土地条件差，地块碎小，不利于机械作业，再加上村民传统农业思想根深蒂固，土地始终无法流转，缺少产业支撑。“越种越穷，穷而撂荒”，正是前些年村民生活的真实写照。

办法总比困难多。2017 年，坪坝村两委痛定思痛，在各级党委政府的正确领导和驻乡、驻村工作队的帮助下，大胆探索、多次外出取经，学习考察瓜蒌种植技术，培育瓜蒌种植主导产业。“瓜蒌是一种多年生草质藤本植物，藤蔓因其味苦被称为‘苦藤’，瓜蒌子被誉为‘瓜子之王’，瓜蒌皮可以切片制药。”县政府办公室派驻该村扶贫工作队副队长谭笑说，以瓜蒌五年生产期均衡计算，每亩年均收益比传统的水稻、玉米要多出 2000 元以上。

在当地政府的引导下，重庆泰尔森制药有限公司积极介入，创办了坪坝村瓜蒌专业合作社，致力发展瓜蒌种植。

“今年我们是第一年种瓜蒌，加上遭遇七、八月份‘前涝后旱’，亩产瓜蒌籽只有 80 多斤。”刘成勇说：“来年，我们的技术掌握了，管理更加细致一些，产量也将会跟上来的。”

仅仅用了两年时间，坪坝村就建成了瓜蒌园 120 余亩。现在，走在坪坝村的乡间道路上，到处是绿油油的瓜蒌田，昔日的荒田荒地已变成一片绿海。

“三变”改革活土地

财政扶贫资金如何用好用活？坪坝村的办法是：开启“三权”（农

民土地承包经营权、集体资产收益分配权、经营主体投入收益权)入股合作新模式。

2017 年 11 月 1 日,在当地政府的引导下,引进重庆泰尔森制药有限公司新型农业经营主体为大股东,以该村名下的“石柱县康凯旅游发展有限公司”和村民入股,组建成立坪坝村瓜蒌专业合作社,建立了股东代表大会、董事会、监事会及财务管理制度、收益分配制度,设立成员账户,实行财务公开。

资金变股金,村集体以资产收益分配权入股,让各项财政扶贫资金变股金,发展壮大村集体经济。先后利用各级扶贫专项资金招标建成的瓜蒌种植基地各项配套设施及种苗,属村集体资产;该集体资产全部通过计价折股的方式入股合作社按比例收益,实现村集体经济发展壮大。

农民变股东,经营主体投入收益权入股,激发经营主体活力。经营主体(大户)对瓜蒌生产、经营、销售等环节的整体投入全部通过计价折股的方式入股合作社。评估经营主体的有形资产和无形资产折算股份,在统筹农民、村集体、经营主体三方利益的基础上,将股权量化。即:农民以土地承包经营权入股,村集体以资金入股,经营主体以有形和无形资产入股。收益分配采取保底收益和按股分红相结合的收益分配方式,充分保障土地入股农民的最基本收益,既解放了生产力,又稳住了农业,壮大了集体经济。

资源变资产,农民用土地承包经营权入股。让农民“土地变股权,农民变股东,有地不种地,收益靠分红”。今年,由坪坝村贫困户和一般农户 120 余亩土地承包经营权入股,入股农民还可以在合作社从事产前、产中、产后服务,每年每名群众可增加工资性收入 8000 元左右。

苦藤结出“致富瓜”

村民焦光美患有心脏病和糖尿病，不能外出打工，但家里的田土收入微薄，她家的土地几乎被弃耕。去年冬，村干部上门动员她家用土地入股种植瓜蒌，她和家属起初还有顾虑，觉得村干部可能兑现不了承诺，有很大的阻力。

为此，重庆教育科学研究院派驻该村扶贫工作队第一书记韦永胜专门入户算了一笔账：“焦光美，你算算，像你家这些田土 1 年 1 亩地种 1 季，除去人工、种子、化肥、农药等费用，收入还不到 500 元。如果你把土地入股种植瓜蒌，每年每亩流转费 500 元保底收入，年底还有分红，你还能在基地从事简单的农活，一天也能挣 100 元左右，你家丈夫还能出去务工挣钱，一份土地几份收入，何乐而不为？”

一席话，说得焦光美茅塞顿开，“土地入了股，不但有分红，而且还能去上班拿钱，谁不愿意干啊！”暂时不谈年底分红和土地流转金，仅在瓜蒌基地打工就收入了 4000 多元工资，她笑得合不拢嘴。

初冬，瓜蒌收获的季节。韦永胜所在单位重庆教育科学研究院的青年党员们来到中益乡坪坝村开展扶贫志愿服务活动。他们手拿剪刀，背着背篓，忙碌于瓜蒌基地。无数瓜蒌悬挂于藤蔓之上，在阳光的照射下呈现出金黄色的光泽，让大家爱不释手。

瓜蒌基地的成功打造，树立了一批过得硬、推得开、叫得响的典型，使一批不愿意丢弃老的生产模式的村民打消了思想顾虑，转变了观念。起到了一人带四邻、四邻带全村的作用。

“合力”激发活力，产业得到稳步发展，农民、经营主体、村集体三方也实现了共赢。

“这 120 余亩瓜蒌，瓜蒌籽亩均产量 200 斤，按市场价 20 元/斤计算,亩产值 4000 元;瓜蒌皮亩均产量 250 斤,按目前市场价 3 元/斤计算,亩产值 750 元;两项合计,亩均产值 4750 元。除去亩均成本 2000 元左右,其间收入不言而喻。”据了解,今年瓜蒌籽的行情也比较好,不愁销路。

如今“坪坝瓜蒌”已成为当地一块响亮品牌,已实现了种植、加工、销售的一整套完整体系。坪坝瓜蒌扶贫产业基地通过不断提升自身“造血”功能,助力了当地老百姓“脱真贫、真脱贫”。

——2018 年 11 月 14 日人民网重庆频道报道

“摘掉‘贫困帽’我们喜洋洋!”
石柱山旮旯摆起“感恩宴”

“吃水不忘挖井人,脱贫感谢共产党!”

“摘掉‘贫困帽’,我们喜洋洋!”

“撸起袖子再加油,乡村振兴接力干!”

……

2019年1月3日,重庆市革命老区石柱土家族自治县中益乡华溪村先锋组偏岩坝,比过年还热闹。村民马泽荣家的堂屋里,自编的大红标语挂在整洁的墙壁上煞是喜人,标语下整齐地摆放着餐桌餐椅。原来,这是当地一些脱贫户为了感谢党的恩情,答谢各级帮扶责任人而特意摆起的“感恩宴”。

华溪村先锋组95户281人,2017年有建档贫困户29户104人、低保户9户15人,独居老人16户、残疾人10人,该组地处蛮王寨脚下,典型的“两山夹一沟”地貌,日照短、气温低,交通不畅、信息闭塞,是一个实实在在的特困群体。

2017年8月,深度贫困乡镇脱贫攻坚的号角吹响后,先锋组备受各级党政关注——极力改善人居环境,倾力优化出行条件,努力调整产业结构,大力实施精神扶贫。在党的精准扶贫精准脱贫政策引领和驻村干部、扶贫工作队员、村组干部的带领下,全组百姓尤其是贫困户因地制宜调整产业结构,将土地流转给村集体经济组织规模种植吴茱萸150亩、木瓜100亩、辣椒200亩、有机水稻30亩,昔日的荒山秃岭焕发勃勃生机,全组农户靠在村集体务工、养殖中蜂和产业分红等户均收入超 2 万元,贫困户一举脱贫。

吃水不忘挖井人,脱贫感谢共产党。一次偶然机会,焦大泽、谭久福、陈朋等脱贫户谈到了一个共同话题——驻乡驻村干部、帮扶责任人等很快就要结束帮扶使命"打道回府",眼下杀了年猪、粮菜丰盈,何不自筹食材办农家宴以表感恩?

大家不谋而合,迅速张罗筹办"感恩宴"。

1 月 3 日一大早,大家齐聚偏岩坝,妇女们杀土鸡、煮猪肉、推豆腐、蒸扣碗……男同志买饮料、安座椅、挂标语……忙而有序,其乐融融。

"开席啰!"中午 12 点,全组在家的男男女女老老少少,无一不喜笑颜开,纷纷围坐拢来。

"感谢党的好政策,感谢各级领导的关心帮助,让我过上了幸福生活!"脱贫户陈朋摸出准备好的发言稿念读起来,"在党的脱贫政策引领和帮扶干部的扶持下,我家去年通过土地流转、就地务工、养殖中蜂和产业分红收入了 3 万多元,一举摘掉了'贫困帽',此时的心情无以言表……"

"我以水代酒,敬你们一杯!"脱贫户焦大泽用顺口溜描述以前的景象——好个偏岩坝,说起就害怕,晴天一身灰,雨天踩泥巴,人畜饮河水,吃的包谷粑,住的土坯房,穿的烂渣渣。

"如今,有了党的好政策和各级干部的帮扶,不仅通了自来水,油化路通到了院坝,多年的撂荒田种出了有机稻,茅草笼流转耕种规模种植辣椒、中药材。"焦大泽接着说,感谢党的好政策,感谢帮扶责任人的真诚帮助!

"众位乡亲听我讲,偏岩坝里新气象。条条新路盘山梁,通组进户宽又长。易地搬迁建新房,房前屋后百花香。农民夜校广播响,技术培训送当场。文化院坝面积大,学习娱乐聚力量。扶志扶能树新风,精神抖擞好威风。脱贫全靠共产党，乡村振兴接着上……”应邀参加“感恩宴”的村支书王祥生用通俗易懂的语言全面讲述脱贫攻坚带来的变化，赢得阵阵掌声。

“说得好！”96岁高龄的老奶奶刘兴兰竖起大拇指称赞道，“我们赶上了党的好政策，都过上了好日子，幸福！”

“感恩宴”后，在场的100多人齐聚院坝前，拍了一张“我们要与‘贫困’永远告别！”主题的“全家福”。红红的标语，欢快的笑语，温暖着整个山旮旯。

——2019年1月4日凤凰网报道

“三三”联动抓党建　深度发力促脱贫

习近平总书记强调，越是进行脱贫攻坚战，越是要加强和改善党的领导。中益乡作为全市18个深度贫困乡镇之一，牢固树立“脱贫攻坚，党建先行”的鲜明导向，把全面加强基层组织建设作为主线贯穿脱贫攻坚工作始终，积极开展“三三”联动抓党建、深度发力促脱贫探索实践，创新推进乡村基层组织振兴，让党建成为看得见的生产力。

坚持“三力”并举，提升支部“组织力”

中益乡驻乡工作队和乡党委始终把基层党建放在最重要位置抓紧抓细抓常抓好，充分发挥党员干部的引领作用，让党员成为群众“生产离不开、生活离不开、感情离不开”的“领路人”。一是夯实基层堡垒，提升支部战斗力。火车跑得快，全靠车头带，党支部是兴村富民的龙头，在脱贫攻坚中起着关键性作用。经济要发展、群众要脱贫就必须首先从整治村班子抓起。自脱贫攻坚战打响以来，中益乡把7个村党支部都纳入后进支部统一进行整顿转化，驻乡领导和乡党委班子成员每2人帮扶1个支部，支部成员深入查找自身存在的问题，并将问题和整改措施进行公示，自觉接受群众监督。配齐配强村支部班子，调整村支部书记2人，村主任1人，培养后备干部4人。规范“三会一课”制度，抓实支部主题党日活动，推进“两学一做”学习教育常态化制度化，组织专题学习党的十九大精神。以“两点”“三诺”“六帮”为抓手，要求党员干部亮身份、亮职责、亮承诺。二是发挥先锋作用，强化党员带动力。中益乡充分发挥党员干部在脱贫攻坚中的先锋模范和骨干带头作用，帮助贫困群众富起来。在人居环境整治、产业发展、关爱困难群体等各项工作中，到处都能看到党员干部冲锋在前的身影。三是强化典型示范，激发群众内生动力。各党支部充分发挥组织群众、宣传群众、凝聚群众、服务群众的职责，让群众成为脱贫攻坚的主力和主体。树立中益榜样，宣传脱贫、励志、感恩、孝善、诚信等先进典型，以正能量激发脱贫致富的内生动力。如今的中益乡，社会风气明显好转，游手好闲的少了，埋头苦干的多了，群众脱贫致富热情持续高涨。

促进“三链”共生，结成致富“共富链”

驻乡工作队和乡党委做好规划引领，鼓励各村成立集体经济组织，引进培育龙头企业，压实党员责任，组织各方力量参与结对帮扶，打造致富“共富链”。一是采取“村集体经济组织＋”方式，建立“互利链”。围绕“集体经济组织＋龙头企业＋农户”模式，将各村党建工作融进产业链，通过土地流转、参股分红、吸纳就业、承包经营等方式带动贫困群众增收；村两委成员与重点贫困户结成对子，采取耕种互助、技术互享、困难互帮等方式互帮互助，将党组织建设深度嵌入产业扶贫，让群众在发展产业中脱贫致富。二是采取“党员干部＋”方式，结成“亲情链”。采取“党员干部＋贫困户”方式，动员在家党员与贫困户结成帮扶对子，每月上门帮扶 2～3 次，通过讲政策、聊家常、帮家务、干农活、办理申请“农户贷”、申请兜底保障等方式，落实精准帮扶措施，帮助贫困户精准脱贫；采取“党员干部＋亲友＋贫困户”方式，组织党员干部摸排贫困户社会关系,引导带动能力强的亲友与贫困户建立帮联“亲情链”,通过“串门走亲、唠家常”方式,在产业发展、教育扶贫、精神扶持等方面开展常态化帮扶,帮助贫困户变“要我脱贫”为“我要脱贫”。三是采取“村支部+”方式,压实“责任链”。采取“村支部+党员+贫困群众”方式,年初党员与支部签订服务承诺书,对全体党员因人定岗定责,设置志愿服务岗、义务监督岗、邻里互助岗等党员示范岗位,驻村领导每季度、第一书记每月至少组织召开一次党员大会,将党员承诺践诺、无职党员设岗定责活动与扶贫工作结合,邀请群众代表、人大代表进行积分评议,评比结果公示,压实党员脱贫攻坚责任,倒逼党员提升自我净化、为民服务的积极性、自觉性。

开展“三甜”行动,提振群众“精气神”

新风善治群众有盼,社会和谐党员有责。中益乡瞄准贫困群众精神“穷根”,组织党员干部带领群众开展甜蜜家庭、甜净院落、甜美乡村“三甜”行动,提振群众脱贫致富“精气神”。一是开展“建甜蜜家庭,开创新生活”行动。针对“好吃懒做、不尽孝道”等不良行为,以家庭为单元,帮群众提炼“自力更生、勤劳致富”等主题家训并悬挂于每家门口,让群众心中有戒。以梦想课堂为载体,开展厨师技能、挖机操作、种养技术等培训,进一步拓宽群众增收途径。二是开展“建甜净院落,展现新面貌”行动。针对群众生活陋习,党员干部以院落为单元,以农村人居环境整治为载体,帮助群众打扫卫生、收拾房间、整修圈舍,开展环境综合整治评比,逐步培养群众健康、科学、文明的生活方式和习惯。目前,全乡河道、公路、场镇和居民屋前屋后垃圾明显减少,家庭卫生状况大幅改善,群众良好的生活习惯正在逐步养成。三是开展“建甜美乡村,培育新风尚”行动。针对群众精神生活需求,设立文化中心户，配备音响影视设备，因地制宜开展各种文体活动，极大地丰富了群众的精神生活。以行政村为单元，及时宣传党的政策，收集群众诉求，设立“爱心超市”，通过积分兑换商品的方式，鼓励广大群众自觉弘扬传统美德、主动参与脱贫攻坚。

——2019 年 1 月 16 日重庆日报报道

打“组合拳”翻过贫困山
石柱中益乡整体脱贫记

石柱中益乡是我市18个深度贫困乡镇之一，2018年，该乡迎来整体脱贫“大考”，脱贫成绩怎么样？通过什么实招脱贫？带着这样的疑问，上周末，华龙网—新重庆客户端记者驱车深入中益乡，进行了实地调查。17日，从中益乡脱贫攻坚指挥部传来确切消息：中益乡已实现整体脱贫的目标。

产业脱贫

“第一书记”分头蹲点让空心村蝶变产业村。

记者来到中益乡政府，乡干部大多已经外出，奔赴基层指导工作。陪同采访的中益乡脱贫攻坚指挥部信息部长（石柱县委宣传部新闻科科长）谭华祥说，整体脱贫时间紧，任务重，大家都是满负荷工作。

一份特殊的表格，引起了华龙网—新重庆客户端记者的兴趣。这份表格标明了中益乡七个村，都配备了“第一书记”，而这些扶贫干部大有来头。

坪坝村第一书记韦永胜，是市教科院讲师；建峰村第一书记崔剑海，是西南大学动物科技学院辅导员；全兴村第一书记刘亚平，是市物价局主任科员；华溪村第一书记汪云友，是市专用通信局主任科员；龙河村第一书记王毕峰，是县财政局债务科科长；光明村第一书记谭祥华，是县交委技监科科长；盐井村第一书记余建，是县交委信息中心副主任。

这些第一书记，各有专攻，又在中益乡的统筹下互相借鉴，从各个维度，推动了扶贫促产。譬如刘亚平，就为全兴村创办了“石柱土家族自治县益民旅游发展有限公司”，填补了集体经济空白。

除了附加值更高的中药材等种植结构调整，中益乡的“共享经济”也让村民们享受到实打实的甜头。在各个村，都有村民闲地入股的产业结构设计，再通过公司化运作，实现了村村有产业，一举消灭了空心村。

胜负手：围绕脱贫攻坚的痛点，引入专业能人，各个击破。

微数据：2018 年脱贫 175 户 556 人，目前未脱贫 46 户 121 人，综合贫困发生率从 2017 年底 8.8%降至 1.72%，实现整体脱贫（西部地区贫困发生率指标为不高于 3%）。

交通脱贫

一年只开两周赚 3 万，农家乐急了帮忙修路。

从乡政府驻地到建峰村，统一“着色”的农家院落，呈现明黄色调。

建峰村村主任贺剑飞透露，该村位于大风堡原始森林腹地，比邻藤子沟国家湿地公园、中益水电站（水库）、莲花坪等旅游资源。几年前，听闻中益乡要打造乡村旅游，村里前年建起了 5 座农家乐，可是因为交通不畅，这些农家乐常年空闲。

麻石餐馆是建峰村规模较大的农家乐，老板告诉华龙网—新重庆客户端记者，去年路没挖断的时候，农家乐曾短暂营业过两个星期，毛收入就达 3 万元。后来，由于全乡路网改造，建峰村基底较差的路段，也按照更高的标准进行了翻修。再忍几个月，路通了，就可以直达黄水大风堡,届时不愁客流。闲时,农家乐经营户都会去修路工地出工出力,希望通过点滴之力,让路早一日修通。

贺剑飞感叹道,一开始,村民对修路持反对意见,因为要占部分农田。后来,村里引进了专业的中药材公司,流转土地,让村民们有了地租收入,腾出的劳力,不再为种苞谷发愁,就近务工或外出打工。就地打零工,人均年收入超过 1 万元。几年后,中药材公司再把成熟的药田返还给村民,后期的生活更为可期。打消疑虑的村民,这才意识到交通先行的必要性,转而主动出力修路。最忙的时候,村里几十号人马不停蹄苦干了五十多天,吃饭都是“娘子军”送到工地。

谭华祥科长说,从怀疑到支持修路,各村都有,再过半年左右,全乡路网就会“跑通”,这会为中益乡的振兴,带来更大动能。

胜负手:全乡统筹完善路网,实现交通扶贫全覆盖。

微数据:全乡新建及改造农村公路 106.6 千米,人行便道 39 千米,实现村通畅率、10 户以上通达率达 100%。

生活脱贫

等靠要的贫困单身汉依靠种植过上好日子。

刘亚平于 2017 年来到全兴村,担任第一书记。他干的第一件事就是深入调研,足迹遍布全兴村山山水水、村落院坝。调研让他找到了工作重点——先从生活上解决贫困户的刚需。

贫困户黄玉成是一个单身汉,习惯于“等、靠、要”。为激发黄玉成的内生动力,刘亚平立马入户进行政策宣讲,当发现黄玉成未解决生活用电的时候,刘亚平多次联系供电公司帮助黄玉成解决生活用电问题。

通过刘亚平以心换心的积极帮助，黄玉成一改惰性，积极发展生产，先后尝试了玄参、黄连等多种产业，年收益远超“等、靠、要”补助，一下过上了好日子。此后，黄玉成见人就说“要靠自己的努力，才能永远脱贫！”

建峰村百分之十的人口住在高山危岩区域，土地贫瘠，如今，这些农户全部生态搬迁到了村里的集中居住点。

谭华祥科长告诉华龙网－新重庆客户端记者，中益乡各村都有这样的生态搬迁定居点，贫困村民享有了城镇人一样的生活配套。为了让这些迁移村民有事干，乡里引入了“智慧农场”等多家农业企业，提供就业岗位。对于没有集中居住的农户，畅通工程也基本触达，其建筑外立面也实行统一改造，错落有致的明黄色小楼，点缀乡间，别有风味。中益乡政府所在的镇街，也在加紧基础设施的改造。

跟生活质量息息相关的教育扶贫、健康扶贫、社会保障等方面，中益乡也实现了显著提升。

胜负手：脱贫攻坚从刚需着手，生活质量提升了才有说服力。

微数据：已无一人居住危房；适龄儿童入学率达到100％；合作医保参保率97％；养老保险参保率96％。

精神脱贫

邋遢哥从一个“犟拐拐”变身端洗脚水的孝子。

对于光明村第一书记谭祥华来说，最头痛、最欣慰的村民，都是谭万生。

2017年秋，谭祥华刚来村里开院坝会议，就遭遇了下马威，衣衫褴褛、极为邋遢的谭万生带头起哄。

谭万生不相信谭祥华这个“外来和尚”能搞出花儿来。

谭祥华冥思苦想,觉得唯有精神脱贫,才能从根上解决贫困的问题。于是,他将工作重点放在了解放思想上。谭万生是个残疾人,性格孤僻暴躁,生活困难。谭祥华多次试图上门沟通,都吃了闭门羹。

谭祥华最后想到了一个奇招,不仅驯服了谭万生,还让全村的文明面貌发生了质变。他以谭万生居住的溪口这一老大难区域为爆点,推行文明积分制。家庭保洁做得好,加分;孝敬老人,加分……积分可以去超市兑换商品。消极应对者,暂停各种奖励制度。对于奖励来源,部分来自乡里的奖品拨付,部分来自对口支援区县的资助。

这一措施,最大的受益者便是谭万生,他不仅卫生工作搞得最好,还积极开荒种地,发自内心地关心起了父母。

“不怕你们笑话,他(谭万生)以前根本不关心我们,现在每天晚上都打来洗脚水,还守着我洗完脚,然后出去倒水。”谭万生母亲笑着说。

谭万生告诉华龙网—新重庆客户端记者,他年轻时出去打工,拇指被机器打掉了,老板一分钱没赔,从那以后他不相信社会,不相信任何人,谭祥华让他重新相信世上有好人。积分激励是一方面,他更看重的是谭祥华说到做到,不玩虚的。

如今,两人亲如兄弟,谭万生也成了坚定的政策贯彻者。

胜负手:通过可兑现的激励机制,从精神上提升贫困户的格局。

微数据:全乡贫困人口精准管理,帮扶干部实现一对一帮困;新时代农民讲习所、扶贫夜校、群众院坝会实现普及。

新闻纵深

悄然翻过贫困山,中益乡今年要这样干。

最艰苦的“整体脱贫大山”悄然翻过,接下来有什么打算?以石柱土家族自治县政府副县长、中益乡党委书记谭燕子为带头人的乡领导班子,制定了 2019 年的工作目标。

谭燕子告诉华龙网一新重庆客户端记者，当前的工作重点分为五个方面，一是聚焦“深度改善生产生活生态条件”，全面提升路水电讯房和环保等基础设施建设水平；二是聚焦“深度调整产业结构”，大力发展生态农业、有机农业、智慧农业和乡村旅游，推动农文旅深度融合；三是聚焦“深度推进农村集体产权制度改革”，促进农民增收、产业增效、生态增值；四是聚焦“深度落实各项扶贫惠民政策”，打通政策落实“最后一公里”，确保精准滴灌、到户到人，不断提升群众的获得感、幸福感；五是以扎实开展脱贫攻坚作风建设年活动为契机，深入推进扶贫领域腐败和作风问题专项治理，强化扶贫资金使用监管，严格执行扶贫项目管理。

采访手记

中益乡整体脱贫，说明办法总比困难多。

没有多少人相信，中益乡会在短短一年间，就实现整体脱贫，因为底子实在太薄。

然而，奇迹最终还是发生了。

华龙网一新重庆客户端记者深入调查发现，这一奇迹合情合理。作为等、靠、要思维根深蒂固的深度贫困乡镇，中益乡以往吃够了苦头。穷则思变，在市领导的关心下、在社会各界的帮助下、在“第一书记”和当地干群的努力下，中益乡找准了影响发展的几大痛点，大力调整产业结构、积极拓展外部资源、整治改造人居环境，再通过改变群众的思想作风，让全域脱贫成为现实。

中益乡的喜人变化说明，困难虽多，办法总比困难多，关键是眼界看得开，站位站得高，不需挖空心思，只要诚心办实事，就能够建立群众基础，干群一起努力，就没有办不成的事儿。

——2019 年 1 月 18 日华龙网报道

“在最穷的地方，下最大的脱贫力气”

——重庆攻坚深度贫困见闻

在重庆石柱县中益乡，“85后”宋健返乡创业两年多，在扶贫政策支持下，领着乡亲们规模化养殖中蜂，蜂蜜收购范围覆盖全乡上千农民，让原生态蜂蜜成为群众致富产业。

中益乡是重庆18个深度贫困乡镇之一，近些年重庆把这些乡镇作为脱贫攻坚“重中之重”，扶贫精准到人头，统筹到区域，发力改善发展环境，推动产业调整，在脱贫攻坚中发挥了示范带动作用。

扶贫精准到人头，统筹到区域

脱贫攻坚必须聚焦深度贫困。重庆对照贫困发生率高、生存环境差等“硬指标”，识别出18个深度贫困乡镇，精准发力拔“穷根”。

“为啃下这些扶贫‘硬骨头’，每个乡镇由1名市领导担任脱贫攻坚指挥长，负责顶层设计、督促检查，谋划好思路，把握好方向，统筹好资源。”重庆市扶贫办主任刘贵忠说。同时，实施产业扶贫、生态保护、公共服务提升等七大脱贫攻坚行动，扶贫资金、项目向深度贫困乡镇倾斜，确保帮扶无死角、无遗漏。

瞄准“穷根”开出“药方”，到人到户解决民生难题是一项重点工作。中益乡有近半群众生活在海拔千余米的高山上，住房多为土木结构，有的破旧不堪。中益乡驻乡工作队队长李建树说，乡里多方筹资，通过易地搬迁、危旧房改造，已基本解决贫困户住房安全问题。

以深度贫困乡镇为单元的脱贫攻坚，另一项任务是统筹区域发展，提高带动力。其中，开州区大进镇打破村社界限，跨区域实施交通、水利等项目，形成外联内畅的完整路网，缓解了群众行路难、饮水难问题。

目前，重庆深度贫困乡镇已启动脱贫项目1500多个，基础设施短板加快补齐。

产业深度调整，守着青山不受穷

在重庆，深度贫困乡镇之变，背后是产业结构深度调整：一是培育了新的产业增长点，二是改造了存量产业，挖掘新的市场价值。

大巴山深处的红池坝镇距离巫溪县城100多千米，贫困发生率30％多。以前农民种的是玉米、红薯、洋芋"三大坨"，收成低、效益差，辛苦一年下来，仅能维持温饱。

红池坝镇也有独特的潜力，那就是靠近国家AAAA级旅游景区红池坝。但过去受制于交通闭塞，这个镇每年与上百万人次游客"擦肩而过"，守着青山仍受穷。

为此红池坝镇提出"农旅融合、旅为龙头"的思路，正在"产业再造"。巫溪县副县长王仕杰说，想端上"旅游饭"，要突破交通瓶颈，红池坝镇正在修建两条贯通全镇并连接红池坝景区的干线公路；发展度假民宿，"留下过路的游客，也就留下了旅游财富"。

立足资源禀赋，盘活、改造传统产业的工作也在推进中。中益乡经过调研，决定发展以中蜂、特色果蔬为重点的特色效益农业。

同样是养蜂，如今大不同。在中益乡坪坝村一片草地里，整齐摆放着不少蜂箱，四周装上了摄像头。"市民缴纳认购费后，便可获得蜂箱一年的收成。而且摄像头实时监控,蜂蜜品质不打折扣。”中益乡引进的企业五度农业公司与贫困户签订中蜂代养代销协议,群众每年还能分红。

优秀干部下沉一线，群众参与扶贫全过程

深度贫困乡镇空心村多,青壮劳力流失多,脱贫攻坚、乡村建设急需人才。为此,重庆善用外力,选派优秀党员干部、引入新型乡村人才,下沉一线,助推发展。

“市里选派了18名副厅级干部担任驻深度贫困乡镇工作队队长,并精选市级各部门80多名干部担任贫困村第一书记,访民情、做规划、推项目。”刘贵忠说。

驻乡工作队组织动员、政策协调、监督督促等优势正在发挥。在酉阳县浪坪乡,饮水难一直是群众呼吁解决的民生大事。为此,浪坪乡驻乡工作队牵头与市级部门对接,争取项目资金,又积极协调酉阳、彭水两县相关单位,争取跨县域调水。

不少地方还创新机制,让群众参与扶贫项目立项、实施、监督全过程,脱贫攻坚有了发言权,脱贫内生动力得到激发。

在红池坝镇渔沙村,为发展肉牛养殖,杨自清等群众代表与政府、企业工作人员一道去河南购牛,对肉牛质量好坏、价格是否公道全程把关。杨自清说,搞扶贫产业是咱自己的事情,一点不能含糊。牛壮了卖出去,家家户户都受益,脱贫信心更足了。

——2019年2月14日新华社重庆频道报道

石柱中益乡抗疫春耕“两不误”助力脱贫攻坚

2020 年 2 月 24 日，重庆市革命老区石柱土家族自治县中益乡华溪村中坪“脆桃＋”产业基地，一排排规范种植的脆桃含苞待放，佩戴口罩、精神饱满忙着整地备耕种植早熟西瓜的当地产业工人，与旋耕机的轰鸣声、不远处高音喇叭播放的“抗疫与春耕”自办白话节目声响浑然一体，一派生机盎然的春耕春播繁忙景象。

时值一年春草绿，又是春耕忙碌时。在今年举国上下抗击新冠肺炎疫情特殊背景下，为确保农民增产增收，巩固脱贫攻坚阶段成果，中益乡抓住春耕春播的大好时机，一手抓疫情防控、一手抓春耕备耕，实现抗疫、春耕双推进、齐步走。“逆行”春耕成为土家山寨一道亮丽的风景。

2017 年 8 月，中益乡被确定为重庆市 18 个深度贫困乡镇之一后，在党和政府关心支持及社会各界帮助下，尤其是 2019 年 4 月 15 日习近平总书记亲临中益乡视察脱贫攻坚后，广大群众的精气神得到了提振。当下，国家面临新冠病毒侵袭的危难，在硬核防疫的同时，抓好春耕春播，确保农民增产增收同步奔小康成为当务之急。

抓宣传引导，吃下春耕“定心丸”

春耕岁岁有，农情年年变。当春耕遇上防控新冠肺炎，“双线作战”的中益乡没有丝毫懈怠。

大年初一，中益乡严格按照上级相关部署，及时发布了疫情防控通告，全乡进入戒备状态。

“结合地处山区实际和土家百姓接受习惯，我们立足让老百姓听得懂、易接受、有效果的原则，开展形式多样的宣传发动。”中益乡党委书记谭雪峰说，自大年初一开始，中益乡利用宣讲车、户外大屏、村民微信群、巡回宣讲队、村村响喇叭、宣传横幅、宣传资料以及自制“祥哥白话抗新冠”系列白话节目，全天候巡回宣讲，重点宣传抗疫和春耕春播，动员全乡人民把战胜疫情和春耕春播结合起来，合理安排，科学推进。

特别是 2 月 10 日，中益乡在保障防疫工作和群众日常生活秩序的前提下，插入春耕春播政策引导、技术指导等相关内容以来，不少老百姓听了又听，有的还用手机录音保存，反复学习。与此同时，中益乡党委统一下发春耕备耕通知，号召群众有序下田、分时下地、分散干活，确保家喻户晓、人人皆知，倡议务工返乡人员“尽孝道、同劳作、抢春耕”，号召滞留在家的返乡人员积极投入春耕，帮助家人做好备耕各项农活。

“最近这十几年，我们耕种的大部分都是离家近、土地肥沃的其他外出打工户的土地。”2 月 23 日，中益乡龙河村大坪正在复垦撂荒地的马勤秀说，这段时间，利用孩子们打工回家暂时无法外出的机会复垦撂荒地，今年不仅把土地翻耕了，更是把几年前的几亩撂荒地翻耕了出来，又可以增收好几千元。

抓配套服务，注入发展“催化剂”

俗话说，巧妇难为无米之炊。中益乡老百姓习惯年前储备农药种子的人不多，开春实施春耕生产又遇到“新冠”袭击，交通受阻运输不便成了难题。

“没有种子、农药、农肥，谈何春耕春播?”中益乡党委书记谭雪峰说，我们在抓好疫情防控的前提下，通过村务公开微信群等接受群众预定农资，全力保障春耕生活生产需要。一方面我们协调产业负责人按照年前的准备，对春耕物资进行统一配送，确保物质充足，特别是今年在家农户自行开荒50余亩土地。另一方面，我们组建“义务配送队”，组织群众，统一调配车辆，开辟绿色通道，帮助老百姓代购必要的生活物品，进行分散配送，避免人员流动。

“我们在中益乡发展的前胡所需种子、肥料全部备齐了，绝不因抗击疫情影响农民春耕春播。”2月22日，在中益乡盐井村前胡种植基地指导前胡播种的泽泰中药材专业合作社负责人何泽奉信心满满地说。在党委政府的引导下，春节期间他亲自“操刀”，协调生产物资，依规依矩配送到位。

据透露，中益乡已经到位春耕春播农肥150吨、农药200件、种子20吨，春耕春播农资得到保障。

针对春耕春播科技服务，中益乡一方面结合抗疫期间不能集学集会的特殊情况，指导各村依托QQ群、微信群、微信公众号等载体，组织群众充分利用互联网线上学习资源，进行农业生产相关知识的学习。

另一方面，在督促群众戴好口罩以家庭为单位作业的基础上，组织农技员、专业合作社技术员开办家庭式“田间课堂”，有针对性地开展春耕春播技术指导，提升农业生产综合能力和农民科学种植水平。

与此同时，中益乡一些抗疫义务宣传劝导队在乡政府引导下，在入户宣传的同时，协助老百姓及时检修旋耕机、喷雾器等农机具，确保农机作业绝对安全。

抓过程管理，筑牢疫情“防火墙”

非常时期，非常措施。新冠病毒防控工作启动以来，中益乡纪委充分发挥职能作用，切实加大疫情防控和春耕春播过程督查，筑牢管理“防火墙”。

2 月 10 日早上，中益乡政府院坝雪松树下，乡党政班子成员围成一圈开例行朝会。在听取各组当日工作安排后，乡党委书记现场宣布成立以党委书记、乡长为组长，乡纪委书记为副组长的春耕春播工作督查小组，由乡纪委具体牵头，细化工作目标，加大工作力度，切实做好春耕春播过程督查。

“我看了，工地上所有人都戴了口罩的，但一定要保持距离，打堆作业很容易相互传染。”2 月 22 日，中益乡纪委书记谭兴玉在光明村蓝莓基地走了一圈后，对亲自在现场管理的重庆中益蓝美农业发展有限公司负责人焦云霞说，在当下的新冠疫情防控期间，你坚持每天守候在基地，现场管理务工人员疫病防护措施，做得很不错，还要继续下去，确保自始至终规范作业。

谭海庭是该乡坪坝村村民，自乡政府引导动员村民以家庭为单位开展春耕春播以来，他在带领家人播种前胡的同时，还义务配合乡纪委督查其邻居春耕春播的规范作业。谭海庭的举动，不仅管好了周边群众的规范春耕春播，还感染了其他村组不少群众。光明村的刘定荣、华溪村的陈朋等，戴着口罩游走田间地头，督促指导群众春耕春播。

“我们的督查涉及面广、内容多，虽然辛苦但效果还不错。”谭兴玉说，除加强规范作业督查外，还针对春耕春播中产业结构调整、技术指导、安全生产、农资监管等加强督查，特别注重农资市场监管，彻底杜绝假冒伪劣农资坑农害农行为。

“逆行”春耕助脱贫，一路风景一路歌。中益乡在严格做好新冠病毒防控前提下，科学组织春耕春播，取得了阶段性成效。截至目前，全乡已整地6000余亩，新增撂荒地复耕300亩，完成前胡种植648亩，新增黄连种植331亩，黄精、蔬菜等重点产业预计于3月底完成播种。全乡现有产业地块务工人员57人，其中乡内44人，乡外县内13人，均严格落实疫情防控各项工作措施。在疫情期间，中益乡按照适宜季节，做好各类产业栽种和管护，确保脱贫攻坚不受影响。

——2020年2月26日新华网报道

石柱中益乡三个贫困村“读书会”里找到脱贫点子

■对于全兴村这样的贫困山村，搞产业既无基础又无钱，究竟如何去引领一场改革呢？

■送钱送物只能解部分群众一时之急。如何让捐款通过改革生出蛋来，变成华溪村全村人都能享受的长久之利？大家最终商量决定，将捐款用于成立集体经济组织，实施“三变”改革。

2017 年 9 月，第一次来到大风堡原始森林深处的石柱土家族自治县中益乡，市委办公厅扶贫集团派驻的扶贫工作队被眼前的贫困面貌惊呆了。

如何去改写这个地处“两山夹一槽”的市级深度贫困乡以“穷”闻名的历史？

绿水青山就是金山银山！驻乡实地调研 3 个月后，扶贫工作队响亮提出了“向改革要效益”的脱贫攻坚战略，并通过一场场“读书会”宣传改革发展理念，带领全乡 7 个村深度挖掘生态经济。

驻乡两年时间过去了，工作队在这里引领的改革效果如何？7 月 31 日，重庆日报记者深入中益乡采访，了解到几起典型改革案例背后的思变轨迹。

唤醒沉睡千年的林权资源
——全兴村诞生全市第一笔林权抵押贷款

中益乡地广人稀，面积160.5平方千米，基础设施落后、发展资源贫乏。全乡7个村中，有4个是贫困村。其中最偏远的全兴村，面积25平方千米、境内海拔1000～1500米，森林面积3万亩，没有一项主导产业。

对于全兴村这样的贫困山村，搞产业既无基础又无钱，究竟如何去引领一场改革呢？

“这还得从一本书说起。”扶贫工作队队长李建树说。2017年底的一次机缘巧合，他读到了讲述贵州穷山村依靠改革发生巨变的书——《塘约道路》，便决定效仿塘约村带领中益乡走穷则思变的道路。

李建树购买了50本《塘约道路》发给乡、村扶贫干部，在7个村反复召开“读书会”，要求大家谈学习体会，找出各村以改革求变的方向。

“刚开始，基层干部群众对改革的积极性还比较高，但乡里部分干部持反对意见，认为有的改革在全市没有先例，万一改革失败导致扶贫资金损失，谁来承担责任？”为此，李建树找到了国家和市里颁发的有关改革的两个文件，统一了思想。

在全兴村的“读书会”上，一个挖掘森林经济的改革点子，在村干部的头脑中达成共识：村集体将财政拨付的扶贫资金注册成立一家公司，再把960亩集体商品林抵押办理贷款，将村中最大的坪坝地——170亩尖山坪闲置地打造成为全村第一块产业基地。

不过，大家不得不面临一个事实：以林权作为抵押去贷款，在全市并无先例。沉睡千年的林权资源，究竟能否变成资产？

“事情进展很不顺利！我们想方设法找县里多家银行协商，可因种种原因被拒门外。”驻村第一书记刘亚平几经周折，不得不向扶贫工作队成员之一——中国农业银行重庆市分行巡视组调研员韩玉川求助。

刘亚平说:“韩调研员非常支持我们的改革想法,表示‘去说服农行来开创这一历史先河’。他不仅立马向农行申请开发林权信贷产品,还帮助我们四处协调办理林权抵押登记手续。”

历时1个多月,我市第一笔林权抵押贷款诞生了——全兴村960亩集体商品林获得了60万元抵押贷款!

不久,这170亩高山荒坝被开垦出来,种下了水果脆桃并套种了中药材大黄。如今,全兴村有20余户贫困户在这里务工,人年均收入超过5000元。预计明年丰产后,该基地的年产值将达200万元,村集体收益50万元左右。

贫困户旧农房成了生产力
——坪坝村获全市首笔农房抵押贷款

山上全兴村改革的先行先试,令山下的坪坝村羡慕不已。

不过,坪坝村地处中益乡的“槽”内,该如何着手“改革”呢?同样,村干部们在“读书会”上碰出火花,将眼光瞄准了村里正在新修的一条旅游公路。

这条长达19千米的沥青路是中益乡连接黄水镇的重要通道,该项目预计总投资1.2亿元,最快将在2019年8月底建成通车。

“黄水凉快,中益也凉快。我们可以引导上黄水的游客,停在中益乡玩一玩。”驻村第一书记韦永胜的建议令村民兴奋不已,不少公路沿线的住户跃跃欲试,想要改造农房发展康养民宿旅游经济。2018年3月,村里也成立了集体经济组织——康凯旅游开发有限公司,准备带动村民一起大干一场。

不过问题也来了。虽然公路沿线的农房由政府统一进行了“蜜蜂小镇”的风貌改造，但贫困户要改造成民宿还需投入一大笔钱，资金哪里来？

韦永胜带领村干部找到韩玉川，希望中国农业银行也能向他们伸出援手——他们知道，农房贷款在全市也是头一遭，比较难办！

“扶贫就要扶精准，这与我们中国农业银行的扶贫理念相一致！这样的贷款改革，正好可以完善利益联结机制，扩大贫困群众参与度与受益面。”韩玉川的一席话令村干部们颇为振奋。

不久，中国农业银行又一款创新型信贷专项产品——“中益·‘黄水人家’”康养民宿旅游贷出炉，只要从事“黄水人家”康养民宿旅游且符合条件的村民，均可申请最高 30 万元免抵押担保贷款。

一时间，村民们奔走相告。家住百亩瓜蒌基地边的贫困户向大忠当即申请加入了“黄水人家”乡村旅游专业合作社，向中国农业银行提交了 5 万元的贷款申请。

令他没有想到的是，仅仅在提交资料的 3 天后，中国农业银行就将 5 万元贷款发放下来，还在利率上对他实行下浮 10%的优惠。前不久，向大忠的农房已装修完工，取名“飘香里”开门迎客。据初步估算，今年，他的民宿年收入可达七八万元。

如今，像向大忠这样，已有 8 户村民向中国农业银行提交了贷款申请，共获贷款 122.4 万元，坪坝村的康养民宿旅游业也红红火火搞起来了。

“三变”激发发展动力
——华溪村变成农旅融合的美丽乡村

地处半山腰的华溪村是如何探索改革之路的呢？这，还得从一笔 10 万元的捐款说起。

2017年9月6日,驻村第一书记汪云友驻村报到第二天,就从重庆民生能源集团"拉"到10万元捐款。按照以往惯例,这样的捐款大多发放给了贫困户。这一次的捐款,汪云友不打算再这么干。

他在"读书会"上向村民抛砖引玉:"乡亲们,送钱送物只能解部分群众一时之急。要让这样的捐款通过改革'生出蛋来',变成全村人都能享受的长久之利,大家支不支持,有没有好的点子?"

村民纷纷拍起巴掌支持:有建议拿钱发展产业的,有建议成立公司的,还有建议效仿塘约村搞"三变"改革的……最终大家商量决定,将捐款用于成立集体经济组织,实施"三变"改革。

不过要注册成立一家旅游公司,10万元显然远远不够。汪云友到处游说,不仅发动16个村民出资32万元入股办公司,还向上争取到了近百万元集体经济发展资金。

2017年11月3日,华溪村迎来了一个大喜的日子:由村集体占股93.6%、16个村民占股6.4%的公司——中益旅游开发股份有限公司成立!很快,该公司大胆探索资源变资产、资金变股金、农民变股东的"三变"改革,并将改革第一枪瞄准了"深度调整产业结构"。

一时间,村民将1000余亩玉米地、红薯地、闲置地等土地入股公司,这些地经开挖平整后种上了黄精、木瓜等优质中药材,脆桃、脆红李等畅销经果林,菊花、牡丹等高效观赏作物……

而留守村中的45名股东还受聘成为公司员工,承包了220亩中药材的管护任务;另有160名村民常年在种植基地打零工,仅2018年就领到工资129万元。

村民陈朋就是该公司的股东和员工,他给重庆日报记者算了三笔账:"我家将近8亩地入股公司,每年可享受保底分红3000元;我代种代管了5亩黄精地,每年工资3000多元;这5亩黄精3年后上市,我可以分得20%的利润,30000元左右。一起算下来,3年总收入近5万元,比自己种水稻玉米划算得多。"

脆桃脆李观光采摘园、荷塘月色垂钓基地、金溪旅游观光步道、牡丹露营体验区……经过公司两年打造，如今，一个瓜果飘香、风景优美、农旅融合的华溪画卷，正徐徐展开。

“改革带来新气象!”李建树介绍，目前，中益乡7个村全部成立了集体经济组织，推动了土地、资金、劳动力按市场规律集约，拓宽了贫困群众持续增收的渠道，提升了基层党组织的凝聚力战斗力。预计到2020年，中益乡7个村的集体经济组织总产值将达1200万元，收益200万元左右。

——2019年8月2日重庆日报报道

路通了　人气旺了（总书记来过我们家）

——回访重庆石柱土家族自治县中益乡华溪村谭登周家

基本医保、大病保险、医疗救助是防止老百姓因病返贫的重要保障。这个兜底作用很关键。

要把工作往深里做、往实里做，重点做好那些尚未脱贫或因病因伤返贫群众的工作，加快完善低保、医保、医疗救助等相关扶持和保障措施，用制度体系保障贫困群众真脱贫、稳脱贫。

——习近平

山高，云雾间群峰连绵；坡陡，盘山路时隐时现。小河沟上方，半山腰三间老瓦房，是谭登周住了大半辈子的家。

回家的路，是一条长长的石阶，遍布青苔，狭窄陡峭湿滑。只要天气不错，75 岁的焦光润就会出门，去下面的菜地看看。看着妻子回家时手拄腰、喘粗气，谭登周却没有力气扶一把。

这里，是重庆市石柱土家族自治县中益乡华溪村。2018 年 3 月，谭登周干活时失足坠落。这一摔，让刚脱贫的老谭夫妇因病返贫。2019 年 4 月 15 日，老谭夫妇一直念念不忘——习近平总书记踏着湿滑的石阶登上陡坡，从屋外看到屋内，详察细问，殷殷嘱咐……

日子过得真快，转眼又快过去一年了。谭登周夫妇的病都好些了吗？他们的生活有没有好起来？

渡过难关信心足

“人一辈子难免遇上个‘三病两苦’，这么多干部没日没夜下力气帮，还不求啥子回报，我们挺知足的。”

土黄色的墙上贴着一副对联：“九死一生靠政策，三病两苦有医保”，横批“共产党好”。这是2019年春节，谭登周专门请文化人写的，但词都是自己想的。

“从七八米高的地方摔下来，眼前一黑，就啥子都不晓得了。”谭登周睁开眼睛，已是10天之后。

住院4个月，花了近16万元，这对老谭家可是天文数字。“这么大的病，自家只出了1万多元，所以说现在政策好呢。”气色渐好的老谭，说话比以前有力气多了。

谭登周在县医院住院，医保报销比例是90%，而且享受“先诊疗后付费”。“要是等筹到钱才救人，那我可能早就不在了。”老谭说。

出院了，还得养病。颅脑损伤、骨折、肺挫伤……恢复需要很长的时间。重体力活儿，谭登周都无力承担。患有风湿、高血压等慢性病的老伴，也扛不动这个家。

“他们是典型的因病返贫。对这样的家庭，政策得兜底。”帮扶责任人、华溪村驻村工作队第一副书记罗风华说，村里给老谭安排了生态护林员的岗位，又为老两口办了低保，再加上土地入股分红、养老保险等，老两口年收入能到2万元。

“人一辈子难免遇上个‘三病两苦’，这么多干部没日没夜下力气帮，还不求啥子回报，我们挺知足的。”谭登周很感恩。

在中益乡，如今还未脱贫的12户人家中，有4户是因病致贫。战胜“三病两苦”，摆脱贫困，政策兜底给谭登周们增添了信心和底气。

脱贫不脱好政策

“我活了这么大岁数。现在虽然得了病,却过上了最好的日子。现在的愿望,就是再多活几年。”

海拔高,山上冷。谭登周招呼我们到厨房围着火炉坐,又给灶膛里加了几把柴。火苗蹿起,照得老谭的脸红扑扑的,炉子上的小锅也“咕嘟咕嘟”冒起了水汽。

“锅里是啥?别煳了。”记者问。

谭登周把锅端开,“摔了以后,胃一直不好,罗书记跟市里的医生给我搞来的中药。”

乡卫生院的医生每月都来家访,“治未病”。县里医院和市里的医院联动,让患大病的村民能得到及时救助。

脱贫不脱政策。再次脱贫的老谭家依然享受政策扶持。只要是建档立卡贫困户,家家都有免费家庭医生。

看病不愁,衣食住行也不愁。打开冰箱,冷藏室冷冻室都有肉。走进卧室,被褥整洁,还有台不错的电视机。

“我活了这么大岁数。现在虽然得了病,却过上了最好的日子。现在的愿望,就是再多活几年。”焦光润顺带着还打趣老伴,“今天中午蒸了渣肉。我能吃肉。他呀,吃肉消化不了,有福享不着。”

来年日子盼红火

“政策好,也不能一天到晚躺着要。我想让媳妇也回来,开个农家乐、卖点农家菜。来年你们再来看,我家的日子就红火啦。”

和谭登周一样,小儿子谭弟海不善言辞。父亲摔伤后,他第一时间辞工回乡照料。没了工作，家里有出无进，他心里也急。

“来村里旅游的人多起来了，我和媳妇买了个冰柜回来，放在爸妈家卖饮料。”谭弟海说，自己没有一技之长，但有一把子力气，捡白果、采蘑菇，收些山货来卖，没承想小挣了一笔。

“政策好，也不能一天到晚躺着要。我想让媳妇也回来，开个农家乐、卖点农家菜。来年你们再来看，我家的日子就红火啦。”谭弟海右手指着小院东侧画了一个圈，“这里建个新厨房，自己烧菜，能放七八张桌子呢。”

“总书记来过以后，各家各户的精气神可高了。路通了，人气旺了，像谭弟海这样回来的外出务工人员，可不少。”罗风华介绍说，前段时间组织大家去对口帮扶的山东学习，回来后不少人开了窍，以前村里就两家农家乐，现在已经有近 20 家了。

日子一天天好起来，劳动能力还有待恢复的老谭夫妇没闲着：养 5 箱蜂，喂 15 只鸡，2 分地的菜园子从没荒废过。“政策兜了底，致富还得靠自己。”

——2020 年 2 月 21 日人民日报报道

中益乡的“黄精时代”

中益乡黄精产业基地示范带囊括 4 个村，经过两轮论证，目前种植面积 1000 亩，预计到 2022 年，可实现产值 3000 万元，通过分红，带动 173 户贫困户稳定增收。

2019 年 4 月 15 日下午，习近平总书记到石柱县中益乡华溪村了解中药材黄精等特色经济作物种植带动村民脱贫的情况。

在地里，总书记关心产业选准了没有。

经过两轮论证，中益乡给出了答案：选准了！

一年来，中益乡黄精种植规模已由试种的 200 亩发展到 1000 亩，采取联合社（公司）统一集中组织生产，鼓励农户尤其是贫困户全程参与反包管理。预计 2022 年达产后，整个黄精基地可实现产值 3000 万元。

记者近日蹲点中益乡，通过 4 本账，看这里如何让黄精变“黄金”。

“防老账”

轮种黄精的老文要干到 70 岁

“太阳出来啰儿，喜洋洋欧啷啰，挑起扁担啷啷扯……”

潺潺溪水边，一米宽的生产便道上，64 岁的村民文祥斌推着手推车健步走来。

手推车中装的是3月下旬刚送到盐井村的黄精种子，都是文祥斌的“宝贝”。他笑着说：“我儿子叫我去管小孩，我说我就要做这个东西，可以防老!”

文祥斌与黄精结缘是在去年11月。闲来无事时，他学村民们到山里挖野生黄精，没想到1天就挖了11斤，在市场上卖了100多元。

农村最怕闲。今年赶上乡里规划发展黄精产业，文祥斌也带着自己的“防老规划”搭上了这班“顺风车”。

文祥斌家的土地没有选择流转，他准备自己做。他的想法很实在：今年种下2亩约4000株黄精，3～4年后达产，按当下的市场价计算，预计有5万多元的收入，除去种子及管护成本，能有不错的收益。

家里虽然还有地，但文祥斌暂时不贪多，准备每年轮种，最后可发展到20～30亩。

从64岁干到70岁，文祥斌对未来充满了信心，不仅不给子女添负担，不用“养儿防老”，“生活随便都够了，效益好的话还能给孙娃娃留点。”

不仅如此，近段时间，盐井村大规模种植黄精。半天时间，文祥斌就骑着三轮车往盐井村送了8趟种子、肥料。像这样的工作，每天能有70～90元的务工费，用工需求也优先考虑贫困户。对文祥斌来说，这又是一笔收入。

哼着“啰儿调”，文祥斌将一车车肥料、种子送至田间地头。

像他一样，围绕着黄精产业，村民们在地头忙得热火朝天。

产业账

两轮论证决定调整产业结构

中药材是中益乡的支柱产业之一，但过去一直以前胡等中药材为主，现在为何选择黄精?

中益乡人大主席秦新军在该乡分管产业,他说,选准黄精产业先后经过了两轮论证。另外,还有一个重要原因——前胡种植存在连作障碍。

秦新军介绍,中益乡大多数种植前胡地块已经达到2～3年,继续种植会导致药用价值降低,病虫害发生严重,所以采取轮作栽植黄精;加之近几年发展脆红李、皱皮木瓜等长效产业,后期将形成大量荫蔽地块,黄精又是比较喜阴的作物,这给中益乡发展黄精产业带来了契机。

第一轮论证是在2018年年底,中益乡做产业结构调整时就明确了试种黄精。原因是当时该乡粮食和经济作物比为9∶1,意味着需要发展效益高的经济作物来扭转产业的颓势。次年,中益乡在春耕时先后种下了200亩黄精。

第二轮论证是在习近平总书记到石柱考察之后。为了进一步论证,中益乡再次到湖南、湖北等地考察,最终决定改变当地中药材产业生态。

“未来就靠黄精打主力!”

秦新军剖析了三方面的考虑因素:一是当地海拔、气候条件等适合种植黄精,漫山遍野的野生黄精就是佐证;二是黄精价格稳定,有不错的收益;三是黄精产量高,抗风险能力强。

今年春耕,中益乡800亩黄精陆续栽种完毕,全乡黄精规模也突破了千亩大关。

产业选准了,中益乡正式迈入“黄精时代”!

效益账

基地最少可实现产值3000万元

黄精地里是否能长出“黄金”,效益账必须得算一算。

为了发展黄精产业,中益乡通过比选引进了3家企业,并配套相关政策和服务,让企业发展吃下“定心丸”。

在光明村的地里，德一中药材种植有限公司负责200亩黄精的栽植，公司负责人隆德最近天天在现场指导栽植、施肥。在他看来，黄精的收益非常可观。

隆德是石柱本地人，做黄精产业已有4年多。去年，他的公司在石柱县六塘乡种植的近100亩黄精，所得黄精部分出售，并留存部分作为种子轮种，就这样，企业便有了近90万元的收入。

隆德介绍，去年这批黄精单价在每斤8元左右，考虑到育种和施肥不到位，所以亩产没有上来。今年到中益乡发展黄精，公司使用了最优的肥料以及载入了《中国药典》的多花黄精品种，未来的效益会更加可观，当然，成本也相对更高。

"中益乡的政策和服务，让我们企业能够在这里踏实干。"隆德说，资金方面自己不担心，尽管未来考虑扩产会有更大的投入，但目前已有银行愿意无息贷款。平时遇到一些困难，"我都是给村第一书记谭祥华打电话"，比如组织劳动力等，都可以立即解决。

按照目前效益测算，中益乡1000亩黄精在2022年达产后，预计亩产将达6000斤，以保守价5元/斤计算，整个黄精基地可实现产值3000万元。

秦新军介绍，中益乡计划用5年左右的时间，将黄精种植规模扩展至3000亩。

脱贫账

带动173户贫困户稳定增收

黄精产业如何带动脱贫，这是最重要的一本账。

中益乡通过"公司＋村集体＋农户"的利益联结机制，决定今年春季在盐井、华溪、龙河、光明等四个村的脆红李、皱皮木瓜等产业基地内套种 800 亩多花型黄精，通过村与村联合的抱团式发展，形成规模化效应，提升产品市场竞争力。

利益联结机制按“分期固定分红＋效益分红”的方式进行分红，由联合社(公司)统一集中组织生产，鼓励农户尤其是贫困户全程参与反包管理。

其中，村级集体经济组织以项目资金、土地统筹、工作协调等入股占比 40％；联合社(公司)以种苗、肥料、农药的统一采购，土地固定分红，生产管理的劳务支付，技术服务及产品回收加工和销售入股占比 60％。

除了分红，还有务工收入。连日来，盐井、华溪、龙河等四个村的村支“两委”干部抓住天气晴好的有利时机，组织村民清除杂草、翻耕土地、打沟开厢、施肥下种，紧锣密鼓展开种植工作，仅盐井村每天务工的村民就在 40 人左右。

“我们在这里干活是 70 元一天，维持家庭开支是不成问题的。”盐井村红岩组村民陶庆家说，自己一大把年纪了，没想到精准扶贫工作开展以来，还能在家门口打工挣钱。

据了解，中益乡今年新增的 800 亩黄精产业通过土地入股分红和效益分红模式，共带动 173 户建卡贫困户稳定增收，其中华溪村85 户、盐井村 40 户、光明村 35 户、龙河村 13 户。

“如果管护得好，每亩黄精产量可达 8000 斤左右，市场行情好的时候，可以多挖一些出售，行情不好就放在土里任其生长。可以说，黄精就是埋在土里的‘聚宝盆’。”秦新军介绍说。

中益乡迈入“黄精时代”，也正赶上产业发展的“黄金时代”。今年起，石柱县规划实施现代山地特色高效农业“四个 30 万”工程，其中将巩固发展以黄连、黄精为重点的 30 万亩中药材种植基地，形成 10 亿级中药材加工产业集群。

——2020 年 4 月 2 日重庆晨报报道

做好“帮”与“扶” 打造一支“不走的工作队”

——访市委办公厅一级巡视员、中益乡驻乡工作队队长李建树

“恪守为民之责，常怀爱民之心，善谋富民之策，多办利民之事。”为彻底改变中益乡的深度贫困面貌，该乡驻乡工作队从帮扶贫困群众、培养乡村干部等方面入手，全面激发群众改变现状、增收致富的内生动力和干部干事创业的热情，真正让驻乡帮扶工作“驻”到老百姓和基层干部的心坎里。

在习近平总书记亲临石柱视察一周年之际，本报记者就中益乡驻乡工作队的帮扶措施、工作成效、下一步思路和做法等内容，专访了市委办公厅一级巡视员、中益乡驻乡工作队队长李建树。

记者：中益乡驻乡工作队的组织、分工情况是怎么样的？习近平总书记亲临石柱视察，给驻乡工作队带来了哪些影响和变化？

李建树：中益乡驻乡工作队有市委办公厅扶贫集团成员单位派出的 9 名和县级单位派出的 27 名队员，共计 36 人。全体队员实行驻乡工作队与中益乡政府双重管理，与中益乡干部一道统一安排岗位、统一工作标准、统一考核管理，其中 17 人驻乡开展项目建设、产业发展、宣传教育等工作，19 人被分派到全乡 7 个村开展驻村扶贫工作。

自开展驻乡驻村扶贫工作以来，全体队员坚持学在前、走在前、干在前，通过院坝会、走访农户等形式收集整理群众反映问题，建立工作台账，逐一落实责任，切实解决好“两不愁三保障”突出问题；指导、协助中益乡党委和各党支部加强党建工作，严格落实“三会一课”制度，

扎实推进“两学一做”，突出抓好乡干部、村干部、驻村工作队和农村党员“四支队伍”建设，全乡基层党支部的战斗力明显增强；深入开展“不忘初心、牢记使命”主题教育和“以案四说”警示教育，不断夯实群众基础、锤炼干部作风、提高工作效率。

2019 年 4 月 15 日，习近平总书记亲临石柱视察，让全体驻乡工作队员备受鼓舞。一年来，驻乡工作队深入学习贯彻落实习近平总书记视察重庆重要讲话和亲临石柱视察重要指示，紧紧依靠中益乡党委政府和干部群众，充分发挥组织、指挥、协调、监督职能作用，围绕“四个深度”持续发力，倾力推进脱贫攻坚工作，得到广大干部群众一致认可。中益乡驻乡工作队被评为 2019 年度全市脱贫攻坚工作先进集体，12 人次被石柱县授予先进个人，华溪村驻村第一书记汪云友被评为 2019 年度全市脱贫攻坚工作先进个人，全兴村驻村第一书记刘亚平被推荐为国务院扶贫办和市扶贫办驻村帮扶工作典型案例。

记者：就充分发挥驻乡工作职能，做好扶贫帮扶工作，中益乡驻乡工作队有哪些过硬举措和办法？

李建树：在具体帮扶工作中，驻乡工作队充分发挥市委办公厅扶贫集团组织优势，加强沟通联络，积极主动对接，推动各方力量、各类资源向中益乡聚集，形成帮扶合力，提升帮扶质量。

一是主动与政府单位对接。一年来，驻乡工作队主动对接市级部门 33 次，协调市级部门来中益乡调研指导 68 次，争取帮扶资金 4800 万元；协调市委办公厅扶贫集团成员单位来中益乡调研指导 39 次，落实帮扶资金及物资 220 万元。

二是积极与市场主体联系。驻乡工作队协调部分省市商会、相关行业协会、商贸集团、工业企业来中益乡考察，援助物资、援建基础设施，开展点对点帮扶，推动中益乡农产品进入大型商超销售。协助对接融创、金科等大型企业参与扶贫，合力打造“中华蜜蜂第一镇”。

三是借助社会力量帮扶。驻乡工作队协调市内外企事业单位和各界爱心人士，来中益乡开展党建帮扶、技术培训、捐资助学、购买土特产品等活动130余次，捐赠资金280万元，销售土特产品190余万元，带动70余人稳定就业。

在巩固扶贫成效方面，驻乡工作队聚焦脱贫攻坚工作中的重点难点问题，把群众生活急需、生产必需的项目和产业作为主攻方向，不断夯实脱贫基础。

一是加快推进扶贫项目建设。驻乡工作队定期召开工作推进会，及时协调解决建设过程中的问题，督促各方按时保质保量完成项目。同时加强对项目建设的督促检查和扶贫资金的审计，确保扶贫项目顺利推进、扶贫资金使用合规。

二是及时解决产业发展难题。驻乡工作队协调银行通过捐款、发放扶贫小额贷款等方式扶持农户发展黄精、蜜蜂、旅游等产业，有效解决农户资金短缺问题。联系药企对在地中药材实行保底订单收购，协调银行出资为农户购买产业扶贫保险，有效化解产业风险。协调科研院所和龙头企业加强技术指导，推动产业高质量发展。协同推动“中益蜜蜂小镇”电商平台升级，探索“远山结亲”电商扶贫模式，开发绿色生态农副产品，提高农产品附加值。

三是发展壮大集体经济。驻乡工作队多次召开驻村第一书记座谈会专题研究集体经济发展，指导7个村集体经济组织因地制宜发展种养殖、农特产品加工销售、民宿旅游等项目。2019年，全乡集体经济组织实现产值500万元，收入50余万元，成为带动群众脱贫致富的重要力量。

记者：今年是全面打赢脱贫攻坚战的收官之年，中益乡驻乡工作队有什么工作思路和做法？

李建树：一是多形式宣传动员，全方位展示中益乡新形象，增强群众自豪感和主人翁意识，充分激发群众内生动力。加强新闻宣传报道，积极联络协调市内外及县内媒体，通过新闻报道对中益乡脱贫攻坚工作成效、先进人物、典型事迹进行全方位、多角度的展示，以榜样的力量激励人心；挖掘中益独特文化，组织协调中益土戏抢救性保护工作，开展“历史中益”老图片征集活动，拟编辑出版《中益的故事》，展示中益乡美丽的自然风光、独特的人文景观和多彩的民风民俗；开展“村民谈变化”微访谈等一系列新时代文明实践活动，让群众了解中益变化，增强群众幸福感。

二是加强基层干部队伍建设，打造一支“不走的驻村工作队”。严格落实“摘帽不摘帮扶”要求，做到队伍不撤、人员不减，保持驻村工作队总体相对稳定；各驻村工作队结合各村在集体经济发展、党建、群众工作等方面的薄弱环节，充分展现队员个人特长及资源优势，发挥帮扶指导职能；强化各村第一书记党建指导责任，提高村党支部战斗力，培养、储备村级后备干部；常态化开展“周督促检查、月点评通报、季擂台比拼”，建立“村级干部履职十诺”“群众评干部”等监督考核机制，充分发挥驻村工作队对村干部的“传帮带”作用，组织村干部参加各级培训，切实提升村级干部综合素养和服务群众水平。

——2020年4月9日石柱网报道

重庆石柱：苦、辣、甜“三味”酿出新生活

黄连味苦，但“苦药”被种成了“脱贫第一支柱”；靠着一股子“辣劲儿”，土辣椒走出深山，“红”遍全国；千年养蜂传统被发扬光大，成为惠及千家万户的“甜蜜”事业……

重庆市石柱土家族自治县近年以“能吃黄连苦、不怕辣椒辣”的劲头决战贫困，立足生态资源，大力发展现代山地特色高效农业，成功摘掉“贫困帽”。

苦黄连种出“脱贫第一产业”

地处武陵山深处的石柱县，山大、沟深、土地零碎。过去，农户主要种植红薯、土豆、玉米“三大坨”，勉强维持温饱。

脱贫攻坚以来，石柱对大山的价值再认识：这里生态良好，高山植被茂盛，还是黄连等中药材的原始产地，完全有条件打造“武陵山药材库”。2017 年起，中药材被列为全县新的支柱产业，全面推开。

清明时节，在中益乡建峰村 4 组一处狭长沟谷里，近百亩黄连长势良好，不少村民正忙着管护。

在地里除草的村民刘光平告诉记者，黄连生长周期长，一般 5 年才收获，并且经不起暴晒，怕杂草抢肥，必须搭遮阴架，勤除草，挖出来还要烘干，劳动强度比种“三大坨”大得多，“但收益也高得多，我家5 亩

黄连,轮作轮收,一年能卖近3万元”。

目前,石柱在地黄连达5.7万余亩,年产量占全国60%、世界40%,还形成全国最大的黄连交易中心。2019年黄连产值3.65亿元,带动1050户贫困户户均收入3万元以上。

“近年,黄连市场供需基本平衡,我们正从扩大中药材品种、延伸产业链等方面下功夫。”石柱县县长左军说。

在对口帮扶企业中核集团支持下,石柱与科研院所合作推动利用黄连研发治疗幽门螺旋杆菌的中成药,还开发黄连花茶等饮品。同时,包括黄精、天麻、前胡等在内的多元化种植格局基本形成,未来5年将形成30万亩中药材种植基地,10亿级中药材加工产业集群。

土辣椒出山“红”遍全国

走进石柱县下路街道柏树村的“三红”辣椒专业合作社车间,一堆堆干红辣椒堆成“小山”,自动筛检带下,工作人员正将辣椒装袋,三五米外,都能闻到刺鼻、呛眼的火辣味道。

“这是我们本土品种‘石柱红’,火锅、麻辣鸭脖里少不了它,一年向全国销售几千吨。”石柱“三红”辣椒专业合作社理事长谭建兰快人快语,“别看是土货,它可是我们石柱农户脱贫的一大宝。”

石柱农民有种辣椒的习惯,但过去并不以产辣椒闻名,直到2000年后,才开始产业化发展。“辣椒辣,想把辣椒产业搞好,也要受得了辣。”十几年前,谭建兰看准火锅等餐饮业对辣椒的巨大需求,投身辣椒产业,与一批农户合作,很快发展到1.5万亩。2008年石柱辣椒大丰收,价格大幅下跌,为了不让合作农户受损,谭建兰承诺“保底包收”,但公司加工能力跟不上,没有冻库,辣椒烂掉数百吨,损失60多万元。

痛定思痛，谭建兰开始建冻库，搞起辣椒深加工，还和科研机构合作培育辣椒新品。2019年，"三红"合作社的辣椒基地面积达2万亩，年产值1.2亿元。

谭建兰为每一个加入合作社的贫困户建立扶贫档案。"保底包收"加入股分红，再加务工收入，一亩辣椒能收入四五千元，入社的840户贫困户到去年全部脱贫。

"全县辣椒种植已达30万亩，总产值15亿元。"左军介绍，目前正进一步拓展莼菜、脆李等规模化种植，绿色果蔬产业已成为农业的重要支柱。

小蜜蜂酿就"甜蜜"生活

石柱林木覆盖率高达71.3%，春夏时节漫山花海，不少农户有养土蜂的习惯。

石柱县顺势而为。近两年大规模种植蜜源类中药材，培育龙头加工企业，让蜂蜜成为贫困群众又一个增收的"宝贝"。

中益乡华溪村村民谭登周的屋后，梨花、油菜花、槐花芳香缭绕，引来蜜蜂嗡嗡作响。"年初县上的蜂蜜厂免费送来5桶中蜂。"63岁的谭登周前年因摔伤返贫，去年刚迈过贫困线。为帮助他增收，村里让老谭加入劳动强度不大的养蜂业，"有技术员指导，还有保底收购，一年能增收几千元。"

为延伸产业链，石柱还深挖当地养中蜂的传统，打造中华蜜蜂小镇推动农文旅融合发展，让家家户户都能共享"甜蜜"事业。

在小桥流水的金溪沟旁，来自重庆餐饮协会的8家餐饮企业与这里的贫困户结上对子，帮助他们在自家院落开办农家乐、民宿。4月中旬将迎来第一批客人。

“下一步,中蜂将培育到 30 万群,并打造以蜜蜂文化为主题的蜂旅结合产业品牌。”石柱县委书记蹇泽西说,石柱干部群众将发扬“能吃黄连苦、不怕辣椒辣”的劲头儿,脱贫不歇气,向着美好新生活继续奔跑。

——2020 年 4 月 14 日新华网报道

叹变化　思未来　聊信心
中益老乡畅谈“这一年”

4 月 15 日，艳阳高照，中益乡广大干部群众脸上也一派喜气洋洋。

2019 年 4 月 15 日，习近平总书记来到石柱县中益乡视察脱贫攻坚工作，如今，一年过去了，老乡们对当时的情景仍历历在目，回忆述说时依然难掩激动之情。

为牢记习总书记的殷殷嘱托，这一天中益乡以“感恩奔跑”为主题，举办了一系列活动，邀请脱贫群众、返乡青年以及党员干部分别举办座谈会，回顾过去，畅想未来。

说到过去，大家谈得最多的是变化；提起未来，大家讲得最多的是信心。

脱贫群众说——全靠党的好政策，我们的生活越来越好

“我先来说两句!”当日上午，在华溪村偏岩坝召开的扶贫座谈会上，20 余名已脱贫群众围坐一圈，主持人宣布发言开始后，华溪村的脱贫户樵明华主动谈起感受。

“习总书记来我们中益后，我最大的感受就是大家的干劲更足了!”樵明华说，“政策虽然好，但还得自己干”已成为共识，游手好闲的人明显减少，大家都一心搞发展，想把日子过得更好。

樵明华也不例外，去年，他到村集体务工，在西瓜、脆桃基地承包了几亩土地进行管护，收入超过 2 万元。不仅如此，凭借自己的木工技术，他还辗转当地各个建筑工地打零工，这部分收入也达到 2 万元以上。

“全靠党的好政策，我们的生活越来越好，以前想都不敢想!”樵明华一席话，引得大家频频点头。

对光明村的秦中旬来说，这一年最大的感受就是:家门口的小路变成了沥青路，路面也变宽了。

秦中旬说，通过政府 4 万元的搬迁补助加上借款，自家还建起了 3 层楼的新房。“今年我打算让儿子把新房收拾出来开农家乐，一共 10 多间房呢!”秦中旬说，如今到中益乡的游客越来越多，她对这个产业有信心。

谈到未来的计划，华溪村的张剑峰也不甘示弱，表示今年准备继续扩大养殖规模，发展鸡 100 只、中蜂 40 余群。张剑峰十分感慨地说:“去年习总书记特意到中益来关心我们，光说感激这两个字远远不够，我一定会用实际行动来回报!”

返乡青年说——工作去远方，不如留家乡

午后，依然在偏岩坝，尽管阳光普照，20 多名返乡青年依旧按时抵达，谈起了自己返乡的心路历程，以及创业故事，共同表达了“工作去远方，不如留家乡”的心声。

“我是来自全兴村的刘志阳，也是第一批在中益乡发展农家乐的人之一。”座谈会上，27 岁的刘志阳坦言，过去几年中他也曾犹豫:“但习总书记来了之后我所有的疑虑都打消了，真正决定扎根干下去。”

刘志阳说，当时毕业后返乡发展农家乐，主要是看中了黄水避暑

产业对中益的辐射作用。可当时村上基础设施差，交通不方便。“这一年，中益变化可谓日新月异。”刘志阳说，如今中益乡的路又平又宽，政府还出资对农房进行风貌改造，加上环境卫生的改善，休闲广场以及景观打造，都对旅游发展起到了积极作用。他说：“下一步我打算打造自己的民宿品牌，并通过短视频等渠道将品牌推广出去。”

龙河村的付贵也讲述了自己的返乡故事。曾在主城做快递员的他，月收入七八千元。去年 8 月，他休假回家时迎来了驻村第一书记和村支部书记的“家访”，目的是劝说他回乡发展。

“当时我有点困惑，主要担心收入问题。”付贵说，但自己是党员，村上急需用人之际还是得站出来。

“去年 11 月我回来了，在村上任副支书。这半年时间，我带领村上开垦了 200 亩荒地，种下了黄精和吴茱萸两种中药材，还推动集体经济发展了 13 亩党参。”付贵说，接下来按照农旅融合发展的思路，他将结合当地的垂钓中心、观光步道、千年古树等，鼓励村民发展农家乐。

“既然回来了就要努力把村子发展好，村上好了，我家的日子也一定会越来越好！”付贵一席话毕，引来一片掌声。

党员干部说——感恩奋进，继续不停往前跑

火车跑得快，全靠车头带。在当天的党员干部交流互动会上，各位脱贫攻坚工作“主心骨”们也谈了一年来的工作和感受。

“习总书记来视察那天，看了我们的黄精产业，还问我选准了没有，我当时毫不犹豫地回答‘选准了’！”座谈会上，华溪村党支部书记王祥生说，这一年来，村里创新开展了黄精产业反承包模式，极大地带动了村民的积极性和责任心，按照目前市场价格推算，两年后每亩黄精保守收益能达到 4 万元。

“今年,我们还要扩大黄精、蜜蜂产业规模,推动农旅融合发展,争取让村集体经济收入翻一番,让大家的分红一年比一年多,日子越过越有奔头!”王祥生说。

随后,各个村的支部书记、驻村第一书记也纷纷表态发言,并谈了将来的打算,一本本“蓝图”在众人面前徐徐展开。

听了大家的发言,中益乡党委书记谭雪峰感慨道:“过去的一年,在党和政府以及社会各界的关心支持下,我们驶上了发展的‘高速公路’。在我看来,这一年我们最大的变化就是人的变化。”

谭雪峰说,变化体现在,村民们都更有干劲了,返乡的青年越来越多。人变化同时也带来了收入的变化,群众致富道路越走越宽。

“接下来,我们不能松劲,要感恩奋进,还要继续往前跑,带领群众不断优化产业结构,打造中蜂全产业链,走农旅融合的路子,将脱贫攻坚与乡村振兴有机结合,不辜负这大好的发展机遇!”座谈会最后,谭雪峰给党员干部们鼓劲加油,大家齐声应好并报以热烈的掌声,掌声在院坝上空久久回荡……

——2020 年 4 月 16 日重庆日报报道

重庆：攻坚“两不愁三保障”

不愁吃、不愁穿，义务教育、基本医疗、住房安全有保障。这“两不愁三保障”是脱贫攻坚的底线性任务，承载着民生期待；同时也是一块“试金石”，检验着脱贫的质量和成色。去年，习近平总书记到重庆考察，专门主持召开解决“两不愁三保障”突出问题座谈会。一年来，重庆严格对标对表党中央要求，将脱贫攻坚举措精准到个人，统筹到区域，让“两不愁”真不愁，“三保障”有保障。

谭祥华是重庆市石柱县中益乡光明村第一书记，也是县里派出的脱贫攻坚驻村工作队队长。虽说村上的 80 户建档立卡贫困户在 2019 年年底已经全部脱贫，他还是要经常到这 80 户家中走访，重点查看“两不愁三保障”的落实情况。

谭祥华告诉记者，每月定期巡查可以及时发现村民的困难，有效避免发生返贫。今年春节疫情发生后，他非常担心会有贫困户因为疫情返贫。

方光荣是在 2014 年因为妻子受伤致残被列为贫困户的，在村干部的帮扶和他自己的努力下，2016 年年底已经脱贫。这两年的日子过得越来越好，仅养蜂每年能有两三万元的收入。按照往年，他不愁销路，但没想到今年遇到了疫情，没有人上门购买，家中还剩了 80 多斤蜂蜜一直没有卖出去。

谭祥华把村民们遇到的问题整理了一下，主要还都是受疫情影响农产品滞销，他立刻把这些信息反馈到乡里，如果问题在 3 天之内乡里不能解决，将在下个月 5 日之前汇总到县里，由县里解决。这套动态监控方法，又称为石柱县扶贫工作的“1353”工作法，也就是说通过驻村工作队每月1次逐户巡查，重点围绕“两不愁三保障”，一旦发现问题在3日之内解决，若是解决不了的，就必须在次月5日前上报县里，县一级同样要在3日之内拿出解决方案。

这几年，养蜂业已经成为中益乡重要的扶贫产业，大大小小的养蜂户有470户，以农户自产自销为主。目前受疫情影响，全乡滞留在农户家中的蜂蜜达到13280斤，其中包括47户贫困户的3701斤，这已经引起了乡里的重视。

考虑到中益乡华溪村去年刚刚建成了一个蜂蜜扶贫加工车间，乡里决定，由华溪村先统一收购全乡的滞销蜂蜜进行加工、分装之后再统一销售。

这样一来，方光荣家里的那些蜂蜜销售就不是难题了。

不愁吃、不愁穿，义务教育、基本医疗、住房安全有保障，是贫困人口脱贫的基本要求和核心指标，直接关系脱贫攻坚的质量。而在实际工作中，相比于“两不愁三保障”的难度更大一些，像因病致贫、因病返贫一直是扶贫路上难啃的“硬骨头”。

5年前，罗洪倖患上慢性肺气肿，丧失劳动能力，不能继续外出务工，原本就不富裕的家变得更加穷困，妻子离家出走至今未归，无奈之下，罗洪倖带着两个年幼的孩子借住在哥哥家的老房子里。

纳入低保后，罗洪倖一家每个月有1310元的低保费，考虑到他家的特殊情况，村上还给他安排了公益性岗位，负责一段乡村公路的保洁，每年有5000元的收入，这样一来他的吃穿问题就基本不用发愁了。看病吃药也有政策对接。在重庆，贫困人口已经全部纳入保障范畴，罗洪倖一家三口参加合作医疗的每人每年250元的保费不需要自己缴纳，他的病在县乡定点医院每个月拿药都有100元的免支付金额，万一需要住院，可以先治疗后付费，个人支付费用不超过10%。

现在，老大上了二年级，按政策，除了免交义务教育阶段学杂费以外，每个学期还可以享受650元的生活补助，老二正在上学前班，上学吃饭也基本不用交钱。

对于罗洪俸来讲，最难的应该就是住房，以他的情况，盖房基本不可能。2018年，中益乡实施了易地扶贫搬迁集中安置，由于他的旧房子已经复垦，加上贫困户补助，他基本没花钱就搬进了一套60平方米的新房。

自打搬进新家，罗洪俸觉得日子更有奔头了，心怀感恩的他下定决心要早日脱贫。去年年底，罗洪俸脱贫了。

要知道，村里的扶贫车间主要是做手工，罗洪俸是唯一的男性，但他并不介意，他觉得这个活特别适合他，一个是不累，另外就是离家很近，他能照顾家中两个孩子。在这里做手工，每件可以赚4元，如果手快的话，一天能够赚到80元，罗洪俸非常努力。

罗洪俸说，他现在真的是吃穿不愁，看病、孩子上学都有保障，新房也有了，日子是越来越好，近期还准备添置个抽油烟机。敦厚老实的他告诉记者，他没有什么大愿望，就是希望可以通过自己努力照顾好两个孩子。

像罗洪俸这样，确实家中有困难，但在政府帮扶下通过自身努力实现脱贫的故事在当地比比皆是。以中益乡为例，经过几年的脱贫攻坚，全乡539户建档立卡贫困对象已经脱贫527户、未脱贫12户，贫困发生率由2017年的21.4%降至0.45%。虽说工作成绩显著、“两不愁三保障”问题基本解决，但当地的扶贫工作却从未放松。

习近平总书记指出，今年是脱贫攻坚战最后一年，收官之年又遭遇疫情影响，各项工作任务更重、要求更高。节目中大家也看到，只有及时发现问题，及时解决问题，才能让“两不愁”真不愁，“三保障”有保障，才会把返贫现象消灭在萌芽当中，让贫困人口真正摆脱贫困。脱贫攻坚是一场硬仗，越到最后越要紧绷这根弦，不能停顿、不能大意、不能放松。以攻坚之勇和“绣花”之功，一鼓作气，顽强作战，我们才能确保如期完成脱贫攻坚目标任务，确保全面建成小康社会。

——2020年4月16日CCTV《焦点访谈》报道

一对贫困户夫妻递交《入党申请书》背后的故事

初夏，位于海拔1100米大山深处的重庆市深度贫困乡、革命老区石柱土家族自治县中益乡，贫困户夫妻要求入党的事儿成为了佳话。这对贫困户夫妻家住该乡坪坝村石桥组，男主人叫向大忠，妻子叫邹小珍。

领导关怀递交"申请书"

2019年4月15日，习近平总书记亲临中益乡视察调研精准扶贫，邹小珍作为群众代表受到了总书记的亲切接见。

2019年春节期间，重庆市委书记陈敏尔到中益乡看望贫困户，作为群众代表的她参加了专题院坝会。

勤劳朴实的夫妻俩，在"如今政策就是好，我要努力往前跑"的扶贫精神鼓舞下，硬是有使不完的劲。

"他们两口儿个头不高，但脱贫增收致富奔小康的信心蛮高。"市委办公厅扶贫集团驻坪坝村第一书记韦永胜笑着说，向大忠干活儿像"拼命三郎"，种中药材是把好手，外出打工技艺出众。邹小珍贤惠手巧，家务事、地里活儿、喂猪喂鸡样样是行家里手。

采访中，巧遇夫妻俩郑重地向其入党介绍人递交《入党申请书》。在他们家，夫妻俩各自拿出一份写得密密麻麻的《入党申请书》，在结尾处一笔一画庄重地签上了自己的姓名。

“韦书记、韩干部，这是我和我婆娘邹小珍写的申请书，想请你们两个做我们的入党介绍人。”向大忠、邹小珍伸出略微颤抖的双手，将《入党申请书》递给市委办公厅扶贫集团驻坪坝村第一书记韦永胜、农行重庆市分行驻中益乡定点扶贫干部韩玉川。

奋力脱贫实现“两不愁”

向大忠、邹小珍识字不多，导致过去没有啥技能，仅靠种植传统的“三大坨”(红苕、洋芋、苞谷)农作物和喂猪喂鸡维持生计，一直在贫困线上挣扎。

精准扶贫工作开展以来，政府和农行想尽办法帮助其稳定脱贫。

“在扶智上，政府可以说是下足了功夫。”该乡驻村副乡长郎滔说，一方面，对夫妇俩进行了多项有针对性的技能培训，先后掌握了黄连、前胡等中药材种植技术和电工、电焊技术。另一方面，特地安排韦永胜作为他的帮扶人，教夫妇俩识字学文化。

技术资料夫妇俩看起来吃力，韦永胜就不厌其烦上门辅导，反复讲解书中所描述的知识要领。就地打工时，聪明肯动脑筋的向大忠还自己琢磨掌握了泥水工、木工技术。妻子邹小珍除了参加政府组织的产业技能培训外，还虚心向其他农户请教。

就这样，夫妇俩成了栽种中药材的能工巧匠，邹小珍通过参加厨艺技能培训，成了小有名气的“厨大嫂”。

“在资金帮扶上，农行可是立了大功哟。”郎滔说。农行重庆市分行的扶贫干部了解到他家情况后，多次上门帮助其规划产业，并及时发放了5万元小额扶贫贷款，支持他家种植了5亩黄连、3亩前胡、12亩辣椒，还养起蜜蜂、生态猪和土鸡。

政府和农行的倾情帮助,给向大忠夫妇俩增添了无穷无尽的动力。夫妻俩分工协作,联手推进自家产业的发展。一有闲暇,他俩还要到周边打工挣钱。

夫妇俩用勤劳的双手,鼓起了腰包,日子一天赛过一天,真正实现了“两不愁”。

收入递增享受“三保障”

党的扶贫政策好,使他家的产业走上了发展的“快车道”。

腰包鼓起来了,向大忠邹小珍萌发了改善居住条件,拆“破庙”修“小洋楼”的念头。

申请提出,当地政府不仅立马按程序批手续,还帮助其规划设计。开工后,获取了建房补贴。毛坯房建好后,外墙由政府按照统一风貌施工,厨房、卫生间、院坝地坪都纳入政府“三改”范畴。

国家一系列优惠措施,使他家住房安稳有了可靠保障,让他家从此告别了昔日破旧不堪的陋舍,也过起了像城里人一样住“小洋楼”的幸福生活。

他家医疗也有坚实保障。乡卫生院的医生每月都会按时到他家,为全家人把脉问诊、普及健康知识。

“两不愁、三保障”在向大忠家得到了实实在在的体现,他家一举甩掉了“贫困帽”,走上稳定脱贫增收路。

不忘党恩,夫妻同行。他们把自己之前破旧不堪的房子照片贴在新房子里,时时对比。每每有人到他新房子来,他俩都要带人参观,向来人倾诉自己的心里话:“党的政策好,我们现在吃得饱穿得暖又修起了新房子,娃娃读书不花钱还有补助,医疗也无后顾之忧,生活真是一天比一天好!”

“党的恩情永不忘，我要努力奔小康！”向大忠夫妻又有了新的奋进目标。

发展旅游办起“飘香里”

在韦永胜和西南大学派驻该村挂职副乡长秦松的悉心传授指导下，夫妇俩对周围环境做了大手术——在院坝种满了各种各样的花草，在住房旁建起了一亩多观赏荷塘，村集体经济组织栽种的百余亩瓜蒌，将其门前装扮得分外漂亮……

其实，向大忠家发展康养民俗旅游条件得天独厚——所处地理位置好，海拔 1100 米左右，特别适合城里人夏天来消暑纳凉；蜂蜜颜色的新房子醒目矗立在刚刚铺设好柏油的公路边，交通变得很便利；房前有宽敞的院坝……

翻修房屋几乎用尽了他家的积蓄，一家三口只能住在简简单单装了一下的底层楼。二楼、三楼因资金断裂无奈闲置，发展农家乐遇到了瓶颈。

无巧不成书。就在这节骨眼上，中益乡政府出台了大力发展民宿康养旅游的规划。夫妻俩喜出望外，赶紧加入“黄水人家”，向政府提出了发展民宿旅游的申请。

政府收到申请后积极跟进，为他家免费进行装潢设计。

装修没有资金怎么办？农行重庆分行为中益乡量身定制的“中益‘黄水人家’康养民宿旅游”专项创新性信贷产品为其送来了“及时雨”。通过韩玉川多次上门宣传和“免担保、免抵押”优惠政策的激励，向大忠很快向农行提出了 5 万元贷款申请，短短三天时间，贷款到账。

政府的帮助，农行的支持，使他的装修进度加快，家具、家电、厨具等陆续到位。“飘香里”的招牌很快耸立在公路边热情迎客。

韦永胜、韩玉川等又赶紧帮其找客源。去年年末短短一个月时间，农家乐实现“开门红”。

装修一新的漂亮房子、理想的位置和优美的周边环境以及去年的“开门红”，让向大忠夫妻俩对发展康养民俗旅游更是信心满满。

——2020 年 4 月 29 日凤凰网报道

脱贫攻坚的战斗堡垒

对于脱贫攻坚，习近平总书记强调，要真正把基层党组织建设成为带领群众脱贫致富的坚强战斗堡垒。重庆石柱县的华溪村是武陵山集中连片特困地区一个典型的贫困村。这里土地资源匮乏、基础设施落后。脱贫攻坚前的华溪村曾被叫作“三无村”：农田无主导产业、村民无产业收入、村里无集体经济；村里近60%的土地弃耕撂荒、超过60%的劳动力外出务工。这样基础薄弱、人心涣散的贫困村，在决战决胜的脱贫攻坚战中，如何凝心聚力、摆脱贫困呢？

脱贫攻坚的决胜之年，华溪村的产业发展正在全力加速。重庆的华溪村地处武陵山集中连片特困地区，典型的喀斯特地貌让华溪村地块零散、土地贫瘠，人均耕地不足一亩。曾经的华溪村，贫困发生率接近20%。

深山里的华溪村呈现“两山夹一沟”的地形。全村540多户人家曾散居在绵延十多千米的山坳里。有路子的村民出门打工，没路子的守着几分薄田过日子。如何让整个村庄摆脱贫困？脱贫攻坚之前，找到了穷根的华溪村，却一直没找到凝聚人心、扶贫扶志的路径。

随着脱贫攻坚的深入，华溪村被列为全市重点扶贫对象。从市到县，抽调精兵强将组成工作队入驻华溪村。通过深入细致地调研，扶贫工作队和村两委决定从加强党的基层组织入手，这是突破华溪村发展瓶颈的第一步。

重庆市华溪村驻村第一书记、驻村工作队队长汪云友说：“首先要解决主心骨通和顺的问题，主心骨通了，村民才跟着你。”

有了切入点,如何发力是关键。华溪村两侧的高山海拔在800米到1500米,植被丰茂,非常适合中药材黄精的种植,山间也随处可见野生黄精在生长。大家伙决定从发展黄精产业入手,打开村里产业发展的局面。

锁定目标,村两委和工作队决定依托重庆在全市涉农区县开展"三变改革",把村里分散的资源聚合起来,通过"资源变股权""资金变股金""农民变股东",让乡亲们在集约发展中受益。为了更好对接市场发展更长远,华溪村决定成立股份公司。但几次村民大会下来,报名入股的人寥寥无几,大家都在怀疑和观望。

关键时刻,村里的党员们先站了出来,先后9位党员,每人出资2万元入股。在他们心里,党员身份意味着要带领华溪村迈出变革的第一步。

党员带头入股的事在华溪村传开了,接着又有7位村民投资入股。有了32万元的启动资金,华溪村的股份公司注册成功了,每一位华溪村人都能以村民身份入股,成为股东。

发展黄精产业需要整合全村分散的土地资源,工作队和村两委开始挨家挨户说服大家把土地流转给村集体,可这项工作又遇到了阻力。很多村民不愿意流转自家承包的土地。

工作队长汪云友心里明白,村民们不愿意,说到底还是对干部们不信任。基层党组织是脱贫攻坚的战斗堡垒,凝聚不起人心,何谈带动和引领呢?在"三变改革"的基础上,工作队和村两委开始打造"互需链、亲情链、责任链",用"三链共生"聚情。村民家里不通自来水,他们就请来工程队解决水的问题;全村电路老化,有火灾隐患,他们就改线、改电,解决大家用电安全的问题;出行有困难的群众看病不方便,他们就把乡卫生院的医生直接请到他们家里。

变化是实实在在的,工作队和村两委的辛苦大家都看在眼里。

放下了顾虑的谭文质带动周围的村民们一起把土地流转给了村集体。如今,他是全村承包黄精种植的领头人,还被选为村民先锋组小组长。

通过基层党组织的力量把每一个村民内心潜藏的动力和能量激发出来，是工作队和村两委压在自己肩上的责任。

在华溪村的脱贫实践中，没有一个乡亲被落在后面。凝聚起人心的华溪村，产业路越走越宽。除了黄精，村里还发展起了养蜂产业，曾经的穷山坳变成了今天的“中华蜜蜂谷”；脆桃、木瓜、莼菜等产业也都开始见到成效。

分红的日子到了，这是村民们用勤劳的双手让村集体经济强大起来的收获。

“三变改革”因地制宜盘活了华溪村的资源优势，“三链共生”提振了华溪村扶贫扶志的精神斗志。接着，他们又用“三甜行动”凝聚更多的力量。建甜蜜家庭，通过传承家训、组织技能培训，让昔日的“懒汉”成为技术工人，让牌桌上的闲人成为生产岗位上的忙人；建甜净院落，组织党员干部担任院落长，美环境、睦邻里、树典型，实施人居环境综合整治；建甜美乡村，用时代新风尚占领乡村文化阵地，破除陈规陋习，建设环境优美、宜居宜业、乡风文明、生活富足的美好家园。这就是华溪村用“三链”促“三变”，让百姓享“三甜”的脱贫实践。

如今在华溪村最光荣的事就是脱贫致富，最响亮的称号就是共产党员，最让人激动幸福的“双喜临门”就是既脱贫又入党。

2019 年，在脱贫攻坚决战中，华溪村发展了 3 名新党员，他们每一个人都是脱贫攻坚的排头兵、扶贫扶志的生动范例。

2019 年，华溪村全村 85 户 307 个贫困人口全部“销号”，华溪村的人均可支配收入达到 14000 元。

2020 年初，面对突如其来的新冠肺炎疫情，经受住脱贫攻坚考验的华溪村基层党组织展现出了强大的凝聚力和向心力。从党员干部到刚刚脱贫摘帽的贫困群众，大家捐款、捐物，每一个人都希望能贡献自己的一分力量。

这份向心力和凝聚力,正是每一支扶贫工作队和每一个基层党组织在脱贫攻坚一线深深扎下的根。

在脱贫攻坚中,群众跟得紧不紧,事情办得顺不顺,很多时候就取决于基层党组织是不是坚强有力,基层的党建工作有没有扎实到位。说到底,要有效发挥党组织在基层的凝聚力、战斗力和影响力,基层党组织的政治优势和组织优势很重要;党员干部的政治素质、业务水平很重要;而更重要的是让基层党组织始终保持群众"本色",真正为群众办实事、解难事、做好事。让党建引领成为脱贫致富的强大动力,成为凝聚人心的"强磁场"和冲锋在前的"桥头堡"。

——2020 年 8 月 23 日 CCTV《焦点访谈》报道

脱贫路上“跑”出幸福生活

——重庆石柱土家族自治县华溪村脱贫调查

华溪村，位于重庆石柱县，平均海拔1000多米，山高林密，谷深坡陡，土地贫瘠，是集中连片特困地区武陵山片区典型的贫困村。过去，村民一年到头只能在“巴掌田”“鸡窝地”里刨食，收入很低、生活很苦。2014年，全村381户1219人中，建档立卡贫困户有69户225人，贫困发生率18.5%。

2019年4月15日，中共中央总书记习近平不顾山高路远，辗转3个多小时来到华溪村，实地了解“两不愁三保障”落实情况，鼓励大家努力向前奔跑，争取早日脱贫致富奔小康。

近日，我们走进大山深处的这个小村庄，在田间地头、农户家中、扶贫车间，亲眼见证了条条新路盘山梁、通组到户宽又畅，良田池塘相辉映、产业基地务工忙，户户住上安稳房、房前屋后百花香的山乡蝶变，亲身感受了当地干部群众牢记总书记嘱托，拼搏奋进，向着美好生活努力奔跑的火热之情和奋斗精神。

生活在奔跑中提质

实施脱贫攻坚以来，村民们的生活大变样。2019年，全村贫困人口全部脱贫，贫困户人均可支配收入达到12211元，比2014年翻了一番多。如今，乡亲们的生活全面实现“两不愁三保障”，日子过得一天比一天红火。

吃得更健康,穿得更体面。过去,村民们吃的是苞谷饭,喝的是红苕汤,穿的是旧衣烂衫。如今,村民们不但能填饱肚子吃上肉,而且开始注意饮食健康。穿新衣早已不稀罕,大家更注重衣着的整洁和体面。总书记亲切看望过的马培清老人笑着对我们说:“现在吃不愁、穿不愁,就希望身体好、心情好,安安心心度晚年。”

校园换新颜,书声满山乡。总书记考察位于华溪村的中益乡小学时,学校的综合楼、宿舍楼还在施工,食堂也很小很挤。如今,综合楼、宿舍楼已经落成使用,学校还扩建了食堂,新铺了塑胶操场。离校较远的 43 名学生全部住进了明亮的新宿舍。村里的孩子们过去走不出大山沟,现在通过参加各种活动,有的到过重庆市区,有的还去了北京,开阔了视野,增长了见识。今年新冠肺炎疫情集中防控期间,孩子们在家上起了网课,实现了“停课不停学”。曾经向总书记表态要扎根乡村的马影翠老师说:“现在山区学校的条件和城里差不多,我留下来的决心更坚定了。”

小病不出村,大病有保障。早几年,村民们常说“救护车一响,一头猪白养”。现在,“手机一拨打,医护来到家”。全村贫困户有了家庭医生签约服务,住院就医实行“先诊疗后付费”“一站式”结算,得了大病还能享受大病救助政策,堵住了因病返贫的源头。村民谭启桂过去和丈夫做中药材生意,家境还过得去。2017 年丈夫查出结肠癌后,一次手术下来家庭就坠入贫困。丈夫担心钱花了,人也没了,拒绝再治疗,她也一度打算让孩子退学。绝望之中,贫困户大病保障政策给了他们曙光,如今丈夫身体已经恢复健康,夫妻俩又重新操持起生意了。经历类似的还有村民谭登周,他感慨地说:“没有党的好政策,我的坟头早就长草了!”如今,他种了 7 盆兰花,养了 5 群中华蜜蜂、19 只土鸡和鹅。他说:“我答应过总书记,病好了,也要做点事。虽然我的腿脚不太利索,但在脱贫致富的路上,也要努力向前跑、不掉队。”

住上好房子,过上好日子。以前,华溪村的民居多数是土木结构的，不少年久失修、歪歪斜斜，还有的电路老化，有村民曾因火灾致贫返贫。如今，在上级推动和帮扶下，村里落实易地搬迁、危房改造等政策，13 户贫困户搬进了新房，17 户贫困户改造了房屋，村里的老旧电线也全部更换了。大半辈子独居在破旧木屋中的贫困户谭启宇搬进新房时，激动得流下了泪水。他说："做梦都没有想到，60 多岁了还能住上这么好的房子。"2017 年以前，村里饮水安全很成问题。现在，村里成立了"人饮协会"，通过村民自治方式把自来水入户、管护、收费全部管了起来。如今，水龙头一开，净水哗哗而来，做饭、洗澡方便了，旱厕也彻底消灭了，村里九成以上农户买了洗衣机，再也不用到河里洗衣服了。

道路变通畅，出行享便捷。过去，华溪村只有一条坑坑洼洼的泥石路通向村外，生产生活物资基本靠马驮人扛。如今，村里全面实现了组组通水泥公路、户户通人行便道，还安装了太阳能路灯，村民们走到哪里都感觉踏实放心。

产业在奔跑中壮大

发展产业是实现脱贫的根本之策。华溪村过去穷，只能解决温饱问题，很大原因在于只有苞谷、红苕、洋芋"三大坨"，没有任何能致富的产业。如今，村里抓住产业这个根本，规划产业、发展产业、壮大产业，为脱贫致富提供了动力源。

规划搞起来。华溪村山高谷深，植被茂密，百花绚烂。村里结合县里 30 万群中蜂产业发展规划，重点打造"中华蜜蜂谷"，紧紧抓住蜜蜂做文章。现在，主导产业覆盖了所有贫困户，2019 年带动贫困群众户均收入 5890 元。在发展中蜂产业的同时，村里还规划种植脆桃、脆李、吴茱萸、木瓜等集观赏、蜜源、增收功能于一体的经果林；林下套种效益好的辣椒、西瓜、黄精等,对生态要求极高的莼菜种植也发展起来了。

企业办起来。华溪村的干部群众认识到,培育市场经营主体是产业发展的支撑。为此,成立了村集体股份经济联合社,并与16户村民共同出资成立了旅游公司。村里有了公司,发展就有了依托,村民们的积极性也就调动了起来。村里依托企业延伸产业链条,开办网店,建成扶贫车间,推动产业从"一产独撑"到"接二连三"。去年,村里的农副产品通过电商平台卖到北京、上海、广州等地,销售收入达到212.3万元。

资源活起来。产业发展盘活了140亩撂荒地,村集体经济组织成立后,293户村民用1088亩耕地的经营权入股旅游公司,使沉睡的土地资源变成了资产。尝到甜头的村民们还把溪流、古桥、老树、土家族吊脚楼等文旅资源整理出来,变成了发展生态旅游的资产。如今,"家乡就是好地方,挣钱不用去远方"正成为全村人的共识。2019年,华溪村有26人返乡创业和发展生产,建立了15家品牌民宿,全村旅游创收50余万元,带动30户贫困户增收。

利益联起来。过去,由于发展思路受限,产业发展较少惠及贫困人口。如今,村联合社在劳务用工和效益分红中,重点向贫困人口倾斜,将贫困户纳入产业发展链条。同时,探索建立兼顾股东、困难群众、村集体三方利益的共享机制,把村联合社利润的60%用于全体社员分红,30%作为村扶贫济困基金,10%作为村集体公益金,使全村人都能受益。贫困户陈朋过去不爱劳动,还染上酗酒的恶习,曾经把村里送的一头能繁母猪转手卖掉换酒喝。如今,在利益联结机制下,他把自家7.54亩田地入股公司后,每年享受租金和年底分红;又代种代管4.9亩黄精,2019年工资收入4900元;黄精上市后,还能分得20%的收益。在村里党员、干部的教育带动下,陈朋不仅不再混日子,还积极要求进步入了党。他说:"村里变化这么大,感觉日子有了奔头。现在入了党,更要发挥带头作用。"

力量在奔跑中凝聚

我们在调研中，感触最深的是华溪村干部群众精气神的变化，听得最多的话是感谢党、感谢总书记，见到最醒目的标语是“总书记来了咱家乡，我更要努力奔小康”，“如今政策就是好，我要努力向前跑”。

强化党建引领。华溪村始终把抓党建作为促脱贫的最大动力。村党支部书记王祥生说，2019 年村里发展了 3 名预备党员，培养了 4 名入党积极分子，抗疫期间还有 4 人递交了入党申请书，这些都是脱贫攻坚的后继力量。去年村里还调优配强 2 名村干部，如今村干部中大专学历的有 3 人，平均年龄不到 35 岁，是一支“得力的、不走的工作队”。在村党支部引领下，村里建立乡风文明积分制，成立蜜蜂志愿队，探索“贵和工作法”，引导村民自力更生、勤劳致富、邻里和睦。今年抗疫期间，村里主动向湖北的医护人员捐赠蜂蜜 360 多斤，村民们自发向武汉捐款 27892 元。

党员干部带头。村里的党员、干部是脱贫致富的“领头雁”。如今，全村 19 名无职党员全部投入到产业发展中。村里成立旅游公司时，2 名党员和 4 名村干部带头每人出资 2 万元，带动了 10 位村民参与。组织上为村里选派的第一书记和驻村扶贫工作队员，大多是有“三农”工作经验的干部，他们带领贫困群众干出个样子来的斗志很强。1 名驻村扶贫工作队员曾因脱贫攻坚任务重，两次推迟婚期。第一书记汪云友说：“白天上山入沟，晚上组织开会。用心用情帮扶群众，脱贫攻坚决不叫累。”

激发村民干劲。脱贫莫等靠，自立是正道。现在，有条件、有劳动能力的村民，全部在村里的产业发展中有自己的角色。村民张剑峰患有鼻咽癌，但他并没有被病魔击垮。2018 年，他申请 5 万元扶贫小额信贷资金,在家里养起中蜂和土鸡,去年这两项就有13000元收入。他说:“致富之路千万条,总有适合我一条。”

能人业主帮扶。一些本地能人和外来业主,也通过各种方式带动村民脱贫致富奔小康。重庆餐饮协会的9家会员单位“一对一”帮扶先锋组偏岩坝9户村民开办了农家乐,还免费提供电视、床单等用品和餐饮管理服务等培训。村民刘益洪返乡开办农家乐,自己年收入超过12万元,还带动4户贫困户户均增收5500元。贫困户花仁叔的丈夫前几年因病去世,在村里帮助下,她办起了农家乐,今年“五一”期间纯收入就有6000多元。我们到她家时她正在学习制作卤肉,打算丰富菜品,吸引更多游客。

华溪村脱贫摘帽后,干部群众奔小康的劲头更加充足。石柱县委书记蹇泽西说,全县将严格落实“四个不摘”要求,加强对脱贫不稳定户、边缘易致贫户的监测,持续增强贫困群众自我发展能力,还要探索解决相对贫困的长效机制,加强脱贫攻坚与乡村振兴的有效衔接。

“太阳出来啰喂,喜洋洋啰啷啰,挑起扁担啷啷咪,咣咪,上山岗啰啷啰……只要我们啰喂,多勤快啰啷啰,不愁吃来啷啷咪,咣咪,不愁穿啰啷啰。”这首土家族民歌《太阳出来喜洋洋》,过去唱的是土家儿女对“不愁吃、不愁穿”的热切期盼,如今则唱出了大家对美好生活的无限向往。中益乡党委书记谭雪峰表示:“不怕辣椒辣,敢吃黄连苦,才能换来蜂蜜甜。”对于未来,当地干部群众坚信,只要努力奔跑,就一定能跑出新时代的加速度,跑出更加幸福甜蜜的好日子。

——2020年10月6日新华社报道

谭雪峰：歌声中寄望的美好愿景已变成现实

10月17日，第七个国家扶贫日，重庆市脱贫攻坚先进事迹报告会举行。重庆石柱县中益乡的党委书记谭雪峰唱起土家民歌《太阳出来喜洋洋》，感叹“歌声中寄望的美好愿景已变成现实”。

重庆市18个深度贫困乡镇之一的中益乡，是贫中之贫、坚中之坚，曾经乡里的公路又少又烂，土地又散又瘦，房屋又旧又破，贫困人口占了四分之一。

奋力奔跑，冲破大山和传统产业制约

谭雪峰称，三年来，按照“四个深度发力”的要求，中益乡带领乡亲们一起奋力奔跑，一步一步攻克深度贫困堡垒。

“在奔跑中，我们冲破了层层大山的阻隔。”他说，中益乡山高坡陡，基础建设特别难，路水电讯房，样样都是短板。为深度改善生产、生活、生态条件，我们全体干部白天走项目现场，晚上开群众会，深夜还在拟建设方案。终于在2018年底，该乡实现了组组通公路、户户通自来水、家家有信号、人人住房稳。

“在奔跑中，我们突破了传统产业的制约。”他说，中益乡的土地是典型的“鸡爪地”“巴掌田”，经专家论证指导，该乡确定发展黄精、前胡、中蜂这些特色种养业，扶贫干部挨家挨户去动员，最后20多名村组干部带头,乡亲们才从不敢种到试着种。第一年尝到了甜头后,第二年大家都抢着种。

奋力奔跑，冲破旧观念打通致富路

“在奔跑中,我们破除了陈旧观念的束缚。”他说,该乡推进农村集体产权制度改革,在7个村全部成立了村集体公司,土地、农房、资金都可以入股,有的公司发展了特色农业,有的开起了民宿,有的还搞起了直播带货。今年村集体平均收入超过10万元,分红的那天,乡亲们高兴地说:“这辈子还没遇到过这样的好事呢!”

“在奔跑中,我们打通了政策落地最后一公里。”他说,为落实各项扶贫惠民政策,该乡和工作队138名帮扶干部,用最务实的作风,把政策落实到贫困户的家里,更将温暖送到了贫困户的心里。

坪坝村驻村干部谭笑,像对待亲人一样帮扶独居贫困户马世华,日常帮做家务,病了还去悉心照看,马世华感动地说:“扶贫政策给我送来个好儿子!”

中益乡的生活在奔跑中提质,产业在奔跑中壮大,力量在奔跑中凝聚!

土家民歌中唱道:“只要我们啰喂,多勤快啰唧啰,不愁吃来唧唧咪,咣咪,不愁穿啰唧啰!”歌声中寄望的美好愿景已变成现实。

——2020年10月17日华龙网报道

重庆石柱县：深山里的“甜蜜产业”

2018年，重庆市石柱土家族自治县中益乡把养蜂作为了主导产业。通过“甜蜜的产业”来带动村民致富。今年6月，全乡建档立卡贫困户共539户1840人全部达到了脱贫的标准。

从87岁农妇马培清家院落中抬眼望去，对面的山峰上，题写着“中华蜜蜂谷”几个大字。

马培清的房屋是一幢崭新的三层姜黄色小楼，圆形竹箕装饰着阳台上的木桩，上面贴着红色对联：幸福中国，甜蜜华溪。

马培清所在的华溪村位于重庆市石柱土家族自治县中益乡。石柱地处武陵山集中连片特困地区，是国家扶贫开发工作重点县。2019年4月15日，习近平总书记深入石柱土家族自治县的学校、农村，实地了解脱贫攻坚工作情况。

“脱贫攻坚是我心里最牵挂的一件大事。小康不小康，关键看老乡，关键看脱贫攻坚工作做得怎么样。全面小康路上一个也不能少。”在马培清的院子里，习近平同村民代表、基层干部、扶贫干部、乡村医生等围坐在一起，共话脱贫攻坚。

2018年，中益乡把养蜂作为了主导产业。通过“甜蜜的产业”来带动村民致富。马培清家也通过养蜂、种植中药材等，去年家庭收入4万多元。

今年6月，全乡建档立卡贫困户共539户1840人全部达到了脱贫的标准。

养蜂就像养宠物

8月底是取蜜的时节。天一擦黑,中益乡盐井村35岁的陈小平开始取蜜。他穿着一身迷彩色防护服,手戴橡胶手套,头顶一盏红色探照灯,双手使劲抖几下排满了六角形蜂巢的蜂脾。直到大部分的蜜蜂脱落,再用刮板将成熟蜂蜜刮进木桶,放入摇蜜机。

他是乡里最大的养蜂户,养了600多个蜂群。作为打造中的"中华蜜蜂小镇",中益乡一共有470户蜂农,养殖了8000多群中华蜜蜂(简称"中蜂")。

如果是白天,能看到细细的蜂蜜丝黏着,像黄色的液体绸缎。陈小平不会讲花哨的话,他憨厚地笑:"养蜂就像养宠物,只要你心细就行。"

自从养殖中蜂之后,陈小平整天都观察着蜂群的状态。早晨五六点钟,他的蜜蜂就结队从蜂箱里出来,开始了一天的采蜜活动,直到天黑才回来。陈小平有时琢磨:"蜜蜂和人一样,勤劳、爱干净。"

五倍子花盛开的季节,树干上"嗡嗡嗡"地围满了蜂群。中蜂区别于西蜂,是中国独有的蜂种,它体躯较小,头胸部是黑色,腹部黄黑色,全身披黄褐色绒毛,喜欢零星蜜源,不追赶花期。

按照陈小平的理解,中蜂个头小,性格也斯文,喜欢细嚼慢咽。

由于武陵山区山形复杂,从低到高的山坡上,都生长着各类蜜源植物,陈小平不需要像北方的蜂农一样转场,过追花逐蜜的生活。他在村里设置了五六个场所,定点养殖,一年取一次蜜,今年收了4000多斤蜂蜜。

如果天气再好一点,他预计能收七八千斤蜂蜜。他把老家的房子改造成蜂场。蜂场还没完工,一堆堆的砖头和水泥摞在院坝里,他甚至设想，在门框的砖缝里饲养一群蜜蜂，游客来的时候，能看到蜜蜂排着队，在门框上飞进飞出。

去年陈小平卖了 2000 多斤蜂蜜，加上卖蜂群，挣了将近 30 万元。他的蜂群在成倍繁殖，他的生活也不再像以前一样，走不出穷困，原地踏步。

“我们世代都是蜜蜂的守护者”

陈小平的爷爷是一个养蜂人。在他的印象里，爷爷养蜂也是祖辈传承下来的。

他们用古法传统养殖。“把泡桐树的芯掏空，做成木桶，用竹条箍住，在桶的内侧涂上一层焦黄色的蜂蜡，野生的蜜蜂自然地被吸引过来。靠天吃饭，运气好蜜蜂就多。”

中益乡位于武陵山区大风堡原始森林深处，位置偏远、土地贫瘠。这里的人们，世世代代深居简出，以挖黄连、养蜂为生。

虽然有养殖中华蜜蜂的传统，但过去缺乏规划引导和产业项目载体，蜜蜂产业、旅游产业始终都没有发展起来。

陈小平父亲这一代，已经渐渐看不到养蜂的价值。年轻时，他父亲选择去外地打工，成为一名伐木工人。在广东惠州的林场，每月能赚三四百块钱。

读书时，陈小平跟随父亲来到广东一段时间，后来又返回老家。

结婚后，陈小平先是买了一辆面包车拉客，之后养殖牛、羊。

2018 年前后，当地政府发现，该地有着绝佳的养蜂条件：林地面积大、蜜源植物种类多、饲养蜜蜂历史悠久。该地发展中蜂产业的气候、植被、历史条件都比较适合。

于是，中益乡提出农旅融合发展的思路，决定大力发展中蜂产业，规划建设中华蜜蜂产业园,打造以“中华蜜蜂谷”为品牌的特色生态旅游目的地。

陈小平看到了商机,准备重操祖业。那时,乡政府请来技术专家,每天开培训课,陈小平风雨无阻地去上课。

一开始并不容易,他需要操心蜜蜂是否生病、蛀虫、蜂群打架,以及秋繁、越冬等事宜。

“我们世代都是蜜蜂的守护者。”县里的技术员向光伟告诉陈小平,“我们要做出环保、生态,真正有品质、口碑的高端蜜。”

向光伟每次来他家,总是轻轻提起巢框,观察蜂量是否充足。他对陈小平说,蜜蜂喜欢安静,动作粗鲁了,它就变得暴躁。蜂箱不能放在有噪声的地方。“你的技术没多大问题,抓紧把蜂场建好,给全乡起一个示范带动作用。”

中益乡乡长刘登峰思考的是,如何带动蜂农更积极地创收。他们准备布局蜜源植物,扩大养殖量,通过评定星级养蜂户、蜜蜂人家等方式,建立一定的激励机制,同时带动旅游业的发展。

“农业产业发展需要政府的引导,光靠市场,它的竞争力有限,农民的信心也会随着市场的价格波动。评定星级养蜂户以后,我们收购他蜂蜜的价格,比一般蜂农要高,且随着星级的晋升,有一定的补助。”

在陈小平的设想下,明年他的蜂场就能完工。那时,围墙上是蜜蜂的彩绘,后山搭起草棚,摆满蜂箱,可供参观。他不仅卖蜂蜜,也做认养蜜蜂的生意。客户买他的蜜蜂,每年缴纳一点儿管理费,他代为养殖,取来的蜜全部寄回给客户。

“甜蜜”事业带动脱贫

养蜂逐渐在乡里普及起来,成为贫困户增收的主要渠道。

马培清的儿子陈朋，49 岁。因长期酗酒，2014 年，他患上了酒精肝、脑血管堵塞、高血压等疾病，住院花费 2 万多块钱。两个儿子上学也要钱，这一年，他们被识别为建档立卡贫困户。

平时，陈朋种洋芋、玉米，日子艰难又清苦。

在村支书王祥生的印象里，陈朋早上出工要先喝二两酒，再醉醺醺地扛起锄头往地里走，不到中午，又回家喝两口。

今年 3 月，陈朋养殖了 8 群中蜂。白天在乡里务工，傍晚时分，从工地回来，他总是爬上山坡，细心地清洁蜂箱，查看蜜蜂是否健康、有无害虫、产卵过程等。未来，他准备扩大规模到 50 群。

母亲马培清发现，陈朋发生了转变。他改掉了酗酒的毛病，每天早出晚归，参与建造了蜜蜂桥、农贸市场、吊脚楼等工程，除了养蜂，还承包了 5 亩黄精自己管理。

“习总书记视察后的一年以来，我的家庭发生了巨大的变化。”陈朋说，他添置了一台大彩电和洗衣机、双开门的冰箱，安装了热水器和冲水马桶，去年家庭收入 4 万多块钱。

对于 63 岁的华溪村村民谭登周来说，养蜜蜂曾是他的梦想。

夫妻俩大半辈子都过着贫苦的生活。2014 年，谭登周夫妇建档立卡成为贫困户。他们在家里养了两头猪，种植辣椒和水稻，勉强糊口。

2019 年，谭登周向驻村副书记罗风华提出，想养几群蜜蜂。不久后，屋后的山上就摆上了五个新蜂箱。

进入 9 月后，雨水逐渐多了起来。每逢阴雨天，他就挂心着自己养的蜜蜂，没法出去采蜜。于是，他花了 700 多块钱买了蜂糖水，给蜜蜂补充食粮。

一聊起蜂蜜，谭登周的脸上便浮现了笑容。有游客来他家拜访，就会拎几瓶蜂蜜带走。他的蜂蜜因为是中药材五倍子的花蜜，品质好，一斤能卖到 150 元。不少城里人特地来询问购买。

在罗风华看来，这一年谭登周的精气神好了不少。以前，谭登周总是佝偻着腰，缩在角落里，寡言少语，整个人灰暗暗的，眼神里没有阳光和希望。“现在他身体好转了,跟别人接触也多了,想靠自己的劳动去生活。”

村里第一个“中字号”企业

2017年9月,华溪村收到一家企业的10万元扶贫捐款。当时村里正发展生猪产业,不少村民建议,用这钱买几十吨猪饲料,免费发给贫困户。

华溪村第一书记汪云友不赞同。华溪村户籍人口542户1466人,其中贫困户87户301人。如果按此建议办,受益人只能是贫困户,且猪饲料用完后便没了,是典型的“输血式”扶贫。

汪云友想,何不用这10万元当启动资金,整合其他扶贫资金,带动村民入股成立公司发展产业,“生”出更多钱呢?

他们最终决定把钱用于发展壮大集体经济,这个想法得到县里的支持,并引来了一笔90万元的帮扶基金。

华溪村以村集体股份和部分村民出资共同入股的模式,2017年11月,成立了石柱县中益旅游开发股份有限公司,村民们戏称这是村里第一个“中字号”企业。

32岁的姑娘成世芳,现在担任中益旅游开发股份有限公司的副总经理。

成世芳说,公司主要售卖农产品,并与重庆的两家公司合作经营蜂蜜加工扶贫车间。蜂蜜是公司的主要产品,通过收购散户的蜂蜜在车间进行罐装。中益乡农户的蜂蜜产品真正走出了大山,走向了北京、上海、广州等50多座城市。目前公司已打造了两个蜂蜜自主品牌,分别是“华溪村土蜂蜜”和“三峡蜜罐”。

9月26日中午,一辆邮政大货车驶来,成世芳等公司职工开始往车上搬运成箱的蜂蜜。

这还不是订单最多的时候。中益公司在多个电商平台上建立了“华溪村扶贫馆”，邀请县委书记、县长直播带货，今年 4 月份的一场直播带货，蜂蜜卖出了 15000 多个订单，“远远超出了预想和承接量”。

500 克罐装的蜂蜜，在“华溪村扶贫馆”上的售价是 168 元。在详情页上，是石柱县委书记和县长直播带货的宣传图。“紧密不分层，自然结晶的蜂蜜才真。”产品介绍写道。

在一处溪涧旁，姜黄色的两层小楼屹立在山峦之间。黄色的拱形门上是一只小蜜蜂的雕塑。

这是华溪村的蜂蜜加工扶贫车间。2019 年 10 月，作为东西扶贫协作项目，由山东淄博高新区援建的扶贫车间投入运行后，蜂蜜在车间进行罐装。

华溪村以车间使用权入股，每年享受 3 万元的保底分红和每斤蜂蜜 5 元的效益分红。

扶贫车间每年可实现产值 600 万元，带动 200 养蜂户户均收入1.5 万元。

数据统计，中益旅游开发股份有限公司 2018 年实现村集体经济收入 22.8 万元，2019 年收入 32.4 万元。

探索认养蜜蜂模式

发展蜂蜜产业后，更多的外地商人，在中益乡发现了商机。

岑欢是石柱县城人，一个年轻有朝气的小伙子。以前，他在县城做活动策划，做宣传片。几年前一次偶然的机会，他听中益乡的亲戚说起，自家产的蜂蜜没有销路，不敢扩大养殖的规模。

岑欢思考，何不探索一种不一样的销售模式，在产品出来之前，能不能把蜂蜜先卖出去？“对于大城市的人来说，价格已经不是他们唯一的选择了，品质永远是他们最渴望的东西。但是他们无法把控源头的品质,那么通过认养就可以实现。”

他决定将公司迁来乡里,做认养蜜蜂的商业模式探索。

岑欢的公司和中益乡的多个村集体合作,由村集体购买蜂群,承包给公司喂养,村集体享受每个蜂群140元的固定分红。

他们共同开发了网上认养平台,做网上运维。蜂群的情况,尽在客户的掌握之中。“管理员在蜂场说话的声音也能听到。”

在微信搜索“我的蜜平方”小程序,就能实现“云养蜂”。认养客户在上面选择蜂场、技术员以及认养的蜂群,然后打开监控页面,24小时都能看到蜂群的实际状况,以及蜜源植物、蜂场的实时温度、空气指数,技术员管理蜂群、取蜜等过程。

岑欢经常领人参观他的蜂场。他一共有12个蜂场,饲养了1500群蜂,去年卖了7000多斤蜂蜜。每个蜂箱都写着“社交小蜜蜂”,一旁安装着二维码和摄像头。

今年的取蜜日,许多认养客户来到了岑欢的蜂场,他们找到自己认养的蜂群,技术员当面取蜜脾、摇水蜜、割蜜盖、摇纯蜜、过滤、装罐,最终是成熟的原蜜。

产量最多的客户,总共收获了15.3斤的蜜。不足6斤的客户,公司为他们补足。

认养模式,为中益乡的蜂蜜探索了另一条销路。岑欢预计,在2021年底,他的自营示范蜂场将达到30个,落地蜂群达5000群。

他还在高海拔的地方,设置了蜂场。通过人力背蜜蜂上去,花费成倍的价格管理,每年只做1000份高端蜜,“那将是真正代表中益品质的蜜”。

在岑欢的设想里,除了认养定制土蜂蜜,将来还要推出传统古法养殖的蜂蜜品牌。“蜂蜜的产量是有限的,因为自然环境对养蜂的承载量有限,中益乡计划控制在1万群以内。未来我们要通过文化变现的方式,挖掘中益的古法养殖历史,建设一个产学研相结合的蜜蜂文化主题庄园。”

打造“中华蜜蜂第一镇”

在中益乡，农房外墙被刷成了蜂蜜黄的颜色，路灯上挂着蜜蜂的标志。选这个颜色，是乡政府请重庆大学和四川美术学院的专家们反复调研确定的。农民很喜欢，外面来的游客也说漂亮。

如今，中蜂养殖已经是中益乡重点产业之一，该乡产业结构调整涉及的多项产业，都考虑到了能为中蜂提供稳定的蜜源。

“甜生活，新中益”，这句宣传语在中益乡多处可见。普通农户养十几箱蜜蜂，一年可增收两三万元。

中益乡乡长刘登峰说，通过认养模式，带动旅游业的发展，也是中益发展中蜂产业的布局。“光靠农业产业，能解决基本的收入问题。农文旅相结合，以农业为基础，旅游才是我们最终的发展方向。”

“把中蜂产业赋予旅游的属性，串成一个从一产到三产的纽带，使得一产更优，三产更强。”刘登峰说，围绕中蜂主题，他们正在打造蜜乐园、蜜蜂科普馆、蜜蜂游乐园。

在刘登峰的设想中，未来，小朋友将在游乐园里穿着蜜蜂的衣服，制作蜜蜂蛋糕。“街道的路灯是蜜蜂的标志，我们还准备在中华蜜蜂谷安置一个巨大的蜂桶，申请吉尼斯世界纪录，以后成为游客的网红打卡点。”

刘登峰说，他们正在挖掘蜜蜂文化，将中益乡打造成“中华蜜蜂第一镇”。

“以中华蜜蜂小镇为载体，在后脱贫时代，能让中益乡在乡村振兴的道路上走到前面去。”刘登峰说，未来要争取把“中华蜜蜂第一镇”做到名副其实。

——2020 年 10 月 20 日新京报报道

不辱使命　奉献中益

石柱县中益乡建峰村村民委员会主任贺剑飞：大风堡脚下的“引路人”

贺剑飞是重庆石柱县大风堡脚下中益乡建峰村土生土长的土家汉子，大学专科学历。现年37岁的贺剑飞1998年12月入伍中国人民武装警察部队服役，曾任副班长，因表现优秀被评为优秀士兵。2007年退伍回乡任建峰村莲花组组长，2008年任建峰村村文书，2013年12月当选为建峰村村民委员会主任、建峰村党支部委员，中益乡党代表、人大代表。回顾贺剑飞带领村民脱贫致富奔小康的足迹，他总是将群众的利益放在第一位。

加强政治学习 提高思想觉悟

参加基层工作以来，贺剑飞始终以廉洁从政的法律法规为行为准则，牢固树立党风廉政建设意识，增强反腐败斗争的信心和决心，牢固树立起全心全意为人民服务的宗旨思想。“随着工作的深入，我深深地懂得了党员干部肩负的历史责任，明确了为什么要坚持党要管党的方略和从严治党的原则。”贺剑飞说，通过学习，他自觉地提高了政治思想素质，强化党风廉政建设意识，并有效地运用于生活工作之中。

贺剑飞不断增强对新时期建设中国特色社会主义理论的认识，提高自身政治修养和政策水平，增强执行党和国家的路线、方针、政策的自觉性。政治坚定,立场鲜明,自觉维护民族团结和社会稳定,具有可靠的政治思想品格。

“自参加基层工作以来,他坚持严格要求自己,注重加强自身政治理论和业务素质学习,将部队上的优良作风带到地方工作上来。”建峰村党支部书记冉启飞说,在思想上,贺剑飞能够坚定政治方向,加强政治理论学习,增强政治敏锐力和分辨力,自觉按照上级的要求办事,头脑清醒,是非分明,自觉在思想上和行动上与党中央保持一致,具有明确的政治方向和坚定的政治立场。

加强班子建设 落实目标任务

贺剑飞担任建峰村村民委员会主任以来,该村各项工作做到规范化和制度化,村务公开、财务公开,领导班子廉洁自律,团结务实。始终坚持重大事项实现民主决策,不自作主张。在财务工作管理方面,严格把关,对每一笔支出都认真审核。近年,贺剑飞还紧紧围绕改善村容村貌的要求,把创建生态文明村的工作摆在重要位置,加强领导,管理有序,加大环境综合治理力度。

“建峰村是中益乡打通‘大黄水’通道的重要路段,尤其是2015年连接公路建设的关键时刻,各种矛盾纠纷出现,日常的调解工作十分沉重。”贺剑飞说,在乡党委政府、村党支部的正确领导和大力支持下,自己紧密团结依靠广大党员群众,认真负责地调解好各类矛盾纠纷,争取群众利益最大化。

2017年7月中益乡被确定为深度贫困乡后,建峰村被列为民俗旅游项目建设重点区域,他组织村组干部和群众代表通过进村入户宣传政策,有效地推进了征地拆迁、项目落地,尤其是全家院子整体搬迁,没有任何杂音,真正实现了和谐搬迁。

加快经济发展 推进乡风文明

在民主法治建设方面，近年，贺剑飞带领村民委员会一班人注重人民调解、治安保卫和外来人口管理等方面的工作。深入开展依法治村工作，着力推进平安村的创建。对于群众的来信来访，妥善处理，防止矛盾问题的激化。在调处矛盾纠纷中，从不回避，基本上能做到件件有着落，事事有回音。

“随着物质文明的进步，村委会更加注重精神文明的建设。”冉启飞说，贺剑飞带领村民委员会一班人有计划地开展内容丰富、适合农民需求的农业技术、农机等培训。该村还建成了拥有3000多册图书及音像制品的农家书屋，规范完善了农家书屋的管理，顺利通过市、县各级相关部门的验收，极大地丰富了农民的文化生活，也为发展村经济打造了强有力的助推器。

加强基础建设 改善人居面貌

建峰村地处大风堡自然保护区，平均海拔1200米以上，面积27平方千米，辖5个村民小组，森林覆盖90%以上。贺剑飞千方百计争取项目资金，充分调动群众积极性，组织群众投工投劳，大力兴修农村各项基础设施，改善农村居住环境，着力打造最美乡村。

作为全村老百姓的“一家之长”，贺剑飞首先对全村作了深度调研，发现全村贫困程度深，致贫原因复杂，基础设施薄弱、人居环境差、群众思想僵化、干部责任意识不强等方面尤为突出。

针对存在的问题，结合建峰村实际，贺剑飞多次召集村委干部及村民代表研究建峰村发展规划，经过反复修改反复论证，广泛征集民意,2014 年起草了建峰村未来发展方案。因地制宜,建峰村要改变现状,提高群众的生活水平,就只有利用建峰村特有的自然优势发展乡村旅游,利用乡村旅游带动传统产业,利用传统产业支撑乡村旅游。

“几年来,贺剑飞走过的‘村官路’可以说是铿锵有力的。”冉启飞说,通过贺剑飞带领村民委员会一班人的共同努力,全村的变化是可喜的。

2014 年,贺剑飞带着全村 800 多名群众的殷切期盼,参加县贫困村整村脱贫竞争评选。通过专家评审团根据现状及发展规划严格评审,建峰村以最高分被评为 2015 年整村脱贫村,这不仅表现出上级对贫困地区的重视,也体现出了上级对村级规划合理性的认可。

2014 年以来,通过多方筹措,建峰村整合部门资金 1700 余万元,对全村的基础设施进行全面改善。根据建峰村实际情况,加大产业发展力度,近年共引进中蜂 1100 群,培植蜜源 500 余亩,新增黄连 300 余亩,实现农户人均收入 1700 元左右。

加强精准扶贫 共建小康社会

按照精准扶贫总要求,确保脱贫路上不落一人,贺剑飞带领村民委员会一班人结合建峰村实际,在上级各部门的支持配合下,扎实工作。2014 年全村按照政策规定,识别建档立卡贫困户 56 户 158 人,2015 年全部脱贫。2016 年因灾因病新增贫困户 7 户 26 人。2017 年 9 月、11 月动态精准识别 18 户 54 人。全村精准识别不漏一人。

根据一户一策精准施策的工作要求,贺剑飞针对全村所有贫困户,户户入户走访,村委结合各户实际情况,分户施策,进一步精心制定村规划、户办法,达到贫困户人人有技能,户户有产业。同时,贺剑飞带领全村村民深度改善生产生活生态条件,深度调整产业结构,深度改革农村产权制度,深度落实各项扶贫惠民政策。

加强廉政建设 促进廉洁自律

按照上级有关部门的安排部署，贺剑飞带领村民委员会一班人建立完善了村务监督委员会，并充分发挥利用村务监督委员会的作用，将全村各项工作都纳入到村务监督委员会的监督下，使各项事务都能在更广大群众的监督下，在阳光中运行，进一步发扬民主。

经常性学习党风廉政建设有关规定，不断增强自律意识，端正工作作风、生活作风。贺剑飞深刻认识到“有权必有责，用权受监督”的本质，不为个人名利去损害群众利益，不为争名次虚报数字，不收受任何贿赂，真正维护好群众的根本利益。

“在未来的工作中，我将进一步紧密团结、依靠广大的党员和群众，克服以往的缺点和不足，加强理论学习，提高服务群众的本领。”贺剑飞表示，自己将在上级党委政府的领导和支持下，克服困难，艰苦奋斗，创先争优，带领广大群众致富奔小康。

——2018 年 2 月 25 日国际在线重庆频道报道

重庆石柱全兴村第一书记刘亚平：奋战扶贫第一线

任职于重庆市物价局反垄断分局的刘亚平，去年9月进驻重庆市石柱土家族自治县中益乡全兴村任第一书记。履职以来，他牢记第一书记“抓党建、促脱贫”的责任和使命，全面摸排掌握村情，加强党的基层组织建设，引领全村贫困户脱贫致富。9月11日，笔者有幸走进刘亚平扎根一线促脱贫的日子里，他积极投身驻村帮扶工作的一幕幕，令人感动。

全力抓党建　走稳脱贫路

“大妈，我叫刘亚平，从现在开始要在你们村住几年，以后有啥事随时找我哈，您也是老党员，以后还得进一步支持村支部的工作哟，我的手机号是……”

“大哥，他说你多年在外地打工，现在返乡和大家一道发展产业带领更多的人脱贫致富，真不愧为新时代的好党员，我是全兴村第一书记，你这朋友我交定了，我把你的手机号先存好，立马拨过来，你也要记住我哟……”

2017年9月14日刘亚平进驻全兴村后，他干的第一件事就是深入调研，走访全村所有党员家庭，足迹遍布全兴村山山水水、村落院坝。

紧接着，他组织召开村“两委”班子扩大会、党员群众代表会、村民小组会，针对全村个体老板、种养能手、老党员、困难户等不同层次的代表，逐户走访摸底调查，广泛征求意见建议，用最短时间摸清全村基本情况。

“党建工作在全兴村一直开展得很慢，甚至很多党员干部都不理解党建工作的重要性。”刘亚平发现村里党组织生活质量不高、党员管理不严、发展带动力不强等，提出明确要求“党员干部的思想要走在工作前面，这样才能将工作干得实！”

摸清了症结，刘亚平带领村支部一班人严肃村党支部党组织生活，每次开会，除了学习政策外，还要求党员干部对村里的发展大胆提意见、谈建议，畅所欲言对于全村产业发展、扶贫开发等方面的思路和想法。同时，刘亚平带头并要求全村党员干部亮明身份，提高党员干部的荣誉感和责任意识。

扶贫先扶志　精准为目标

刘亚平在走访中发现，贫困户黄玉成是一个单身汉，存在着“等、靠、要”的思想。为激发黄玉成的内生动力，刘亚平立马入户进行政策宣讲，当发现黄玉成未解决生活用电问题的时候，刘亚平多次联系供电公司帮助黄玉成解决生活用电问题。

通过刘亚平以心换心的积极帮助，黄玉成一改过去“等、靠、要”的思想，积极发展产业。积极发展玄参、黄连等多种产业，一下扭转了黄玉成以前的懒惰思想，黄玉成常说“要靠自己的努力，才能永远脱贫！”

为了全面激发群众的内生动力，刘亚平组织村干部因地制宜制定了“扶贫夜校”“十九大讲习所”等活动方案，召开院坝会宣讲政策，播放《十八洞村》《第一书记》等优秀励志电影，群众尤其是贫困户脱贫致富的激情不断高涨。

为了确保扶贫“精准”,刘亚平在上级党委政府的支持下,积极规划项目,在解决全兴村群众的出行难、饮水难、通信难等问题后,根据精准帮扶“一户一策”的帮扶原则,在分析贫困户家庭收入来源、贫困程度状况、致贫原因、脱贫致富需求的基础上,帮助该村贫困户黄玉成、谭仁武等制定了产业扶持脱贫巩固计划;帮助贫困户马世林规划优势产业;鼓励患有大病的贫困户周承孝积极配合就医,通过大病救助等多方面解决后顾之忧;帮助一般户文德勇家的孩子文波申请教育资助,减轻农户的负担……

脱贫不返贫　增收是关键

“我们村立体气候明显,产业分布广,这是广大老百姓尤其是贫困户增收致富、防止返贫的利器。”进驻全兴村不久,刘亚平就把全兴村亲切地称为“我们村”,其间包含着对当地老百姓浓浓的兄弟情怀和对贫困山区早日脱贫的责任感。

为了产业发展,刘亚平通过召开院坝会宣传政策、入户走访、算账对比等,引领全村群众最大限度解放思想。与此同时,刘亚平还对结了石柱县“泽泰”“万寿山”等很多实力派企业入驻全兴村,实施“土地入股+订单收购”的模式,从根本上打消群众疑虑。短暂时间将全村粮经作物比例由原来1∶9调整为现在的9∶1。

2017年11月10日,是全兴村广大干部群众难忘的日子。这天,通过刘亚平和村“两委”的努力,村集体经济组织“石柱土家族自治县益民旅游发展有限公司”挂牌成立。为了不让集体经济公司成为“空壳”,刘亚平在全兴村的尖山坪规划了200多亩的中药材种植基地,农户以土地入股的方式分红,尖山坪的群众占股20%。同时,刘亚平还同“谭妹子”有限公司共同合作在全兴村开办了扶贫车间“土家阴米作坊”。就这样，全兴村走出了没有集体经济收入的窘境。

“自进驻全兴村的第一天以来，刘亚平时刻以一名党员的标准严格要求自己，坚持吃在村、住在村、干在村，用更多的时间为村民服务，哪里有需要，他就冲锋在哪里。”谈及刘亚平，联系该村的石柱县中益乡组织委员胥方贵很有感触地说，刘亚平没有豪言壮语，没有惊天动地的业绩，但他务实担当、勤政为民、任劳任怨、无私奉献，全力奋战在深度脱贫攻坚最前线，用实际行动抒写着无悔的人生，是广大党员干部学习的榜样！

——2018 年 9 月 13 日国际在线重庆频道报道

重庆中益：土家村第一书记们的辛劳与期盼

在距离重庆主城区 4 小时车程的石柱土家族自治县光明村，第一书记谭祥华在修缮一新的村民小楼前主持一场小型会议，倾听着几位当地土家族老人的批评建议。

在中国，绝大多数党政部门参与农村扶贫工作，而第一书记则是中共从各级党政机关选拔到村里支持村级组织发展的干部。

“我是去年来到光明村干第一书记的，在这之前在另外一个土家村驻村。”谭祥华说。先后在两地担任过第一书记的他，主要工作都是帮助土家山村的村民摆脱贫困。

这份工作并不容易。“除了要做整体规划和组织建设具体项目，第一书记还要沟通解决村民反映的实际问题，从低保认定到危旧房改造，从道路施工到办理证件，几乎所有的事都要做，农忙的时候甚至还要帮村民干农活。”重庆市石柱县全兴村第一书记刘亚平说，这些都是在他来全兴村前没有预料到的，和以前在城里当公务员完全不同。

中益乡乡长谭雪峰说：“土家村的第一书记们经常和乡、村干部一道进村挨个串户。田边会议、小院会议这样的‘微访谈’更是没过多久就要开一次。他们走村串户如此频繁，1 年多的时间里就解决了 700 多件问题。”

助推产业脱贫更是土家村第一书记们的重要任务。支持贫困人员自主创业与贫困人员技能培训、引入龙头企业向贫困人员传授现代种植技术、立足资源禀赋培育新产业增长点……第一书记和其他驻村党员干部几乎把能想到的全部做了一遍，能请教的专家也问了个全。

近年，中国贫困地区有了很大的变化。2018年，中西部20个省区市2017年申请退出的125个贫困县已全部摘掉贫困帽。全年减少农村贫困人口1000万以上。

谭祥华和刘亚平所在的石柱县中益乡也成效显著。在他们和村民的共同努力下，一年的时间里贫困人口就从667人减少为121人，贫困发生率从2017年底的8.8%降低到了1.72%，2018年贫困人口的人均可支配收入增加了1722元人民币，增长了23.2%。

据统计，中国共有280多万驻村干部、第一书记奋战在脱贫一线。确保到2020年中国所有贫困地区和贫困人口一道迈入全面小康社会，是中国共产党的承诺，也是土家村第一书记们的愿望。

谭祥华说："我们已不再年轻，到土家族山村担任第一书记为的不是名和利，更不是所谓的升迁机会。但作为一个中共党员就是想做点什么事出来，让山区里淳朴的土家人能过上更好的生活。"

"我也希望能早点回去，毕竟家人还在城里。"刘亚平说，"但是没有让这里所有的老百姓都摆脱贫困、走上富裕道路我们是不会回去的，这既是作为一个党员的承诺，也是我们最大的愿望。"

冬末的中益乡依旧寒风凛冽，谭祥华脸上却始终挂着笑容，双眼充满期待，期待着土家人的生活能更甜，也期待着以扶贫脱贫的成效在这个时代书写属于自己的辉煌。

——2019年2月20日新华社报道

石柱县中益乡坪坝村第一书记韦永胜创办四点半课堂，探索教育扶贫新路

韦永胜当过中学教师，从事过多年教学实践和研究，就任石柱县中益乡坪坝村第一书记前，他还是重庆市教科院职业教育与成人教育研究所的调研员。韦永胜没有想到，自己在驻村第一书记的岗位上，还会对教育有更深的认知。

他在坪坝村创办的四点半课堂，不能简单地理解为辅导作业、补课、托管之类。他一直坚信，这是“农村家庭教育缺失的有效补充，为孩子走出大山铺路搭桥”。他说，教育的目标就是育人，为山里的孩子们打开那扇窗，实现“志”“智”双扶。

从帮助一个辍学女娃开始

有句话叫“无心插柳柳成荫”，这句话用在“四点半课堂”的诞生上，也很贴切。2017 年底，韦永胜第一次在坪坝村石桥组召开群众大会，会后在对一位群众走访中，他了解到对方家中有个女儿辍学在家，极不情愿去附近的中学念书，不听话，性格内向，家人很担心。

韦永胜从事教育工作多年，便自告奋勇，决定去做辍学女童的思想工作。

韦永胜先作了自我介绍，尤其突出了教师身份。开始，这个十二

三岁的女娃娃一声不吭。在韦永胜一番自我介绍以后，她慢慢地打开了话匣子。

攀谈中，韦永胜了解到，女娃原本正在上学，可是中途生了病，原本答应帮她照看书本、课桌的闺蜜没履行承诺，还抽烟、喝酒、鬼混，她很失望，再也不想回到原来的学校。

女娃打开了心扉，韦永胜立刻做起了思想工作。动之以情晓之以理，女娃被打动，重燃了上学的梦想，并认识到用别人的错误惩罚自己是多么愚蠢，最终重返校园。

此后，韦书记在孩子教育方面的“神通”被村民广为流传，开始有人找他，希望他帮忙教育一下孩子或帮孩子“看看作业”。

四点半课堂不单单是补课

作为驻村第一书记，韦永胜的主要工作是带领村民脱贫攻坚。聚焦教育会不会影响本职工作，对此，他也进行了再三思量。

韦永胜从事教育工作多年，深知要彻底改变大山的面貌，教育是一条关键且具有长效作用的路径，“一个家庭，有哪怕一个孩子受到良好的教育，整个家庭面貌就变了。”

然而，坪坝村面临的现实是：一部分留守孩子，跟爷爷奶奶生活在一起，父母常年在外，家庭教育有部分缺失，“只管吃饱、穿暖，别说辅导作业，能否督促完成作业都不一定”。

“也不仅仅是留守儿童的问题。”韦永胜决定在教育上多花点心思，这一想法也得到了原单位重庆市教科院的支持。去年 10 月，在多方支持下，他们组织师资，利用坪坝村的活动室，办起了“四点半课堂”。

“四点半课堂”现有专职教师一名,每天除了辅导家庭作业,还教授书法、美术、演讲等。只要有空,韦永胜也会去讲课,他还组织有技术的大学生、社会人士、有知识的志愿者来讲课,课程尽可能丰富。

专职教师谭非是个有想法的人,除了预设的课程,也会教学生做人做事的道理,还坚持每天一次走访,让孩子们通过做家务和身体力行,明白更多的道理。

“四点半课堂”也得到了坪坝村家长、学生的认可。韦永胜介绍,每天都有20多个学生。接下来,“四点半课堂”的课程还会进一步丰富,“优化课程体系,让孩子们有更多接受教育的机会”。

探索教育扶贫

从诞生到发展壮大,韦永胜将“四点半课堂”定义为“农村家庭教育缺失的有效补充,为孩子走出大山铺路搭桥”。

他觉得,这样的方式,意义不只在一个坪坝村,也是在探索教育扶贫。看着课堂上的孩子们一个个变得开朗、自信,热爱学习,知识变得丰富,更好地成长,他探索教育扶贫的信心更坚定了。

“四点半课堂”还组织了一批批村小老师到主城培训,提高他们的教学能力,让他们了解更多的教学理念,并切切实实地运用到教学实践中。

韦永胜告诉记者,除了培训老师,他所在的重庆市教科院,还对中益乡小学和官田小学,从办学理念、学校文化、学校制度等方面指导支持。通过这样的方式,进一步探索教育扶贫,争取发挥更大作用。

韦永胜日记摘录

2018 年 12 月 14 日

坪坝村四点半课堂是农村家庭教育缺失的有效补充，为孩子走出大山铺路搭桥。

2019 年 4 月 2 日

坪坝村四点半课堂，是山村孩子的精神家园。

——2019 年 4 月 17 日上游新闻报道

用干部辛苦换群众幸福
石柱中益乡抓党建促脱贫之路（上）

核心提示

重庆市石柱中益乡是市级深度贫困乡镇之一。2017 年 9 月以来，市委办公厅扶贫集团成员单位的有关支部与中益乡的村支部共开展支部共建活动 19 场，着力解决群众最关心、最现实的利益问题，让党旗在脱贫攻坚一线飘扬。

今(23)日，华龙网—新重庆客户端推出《用干部辛苦换群众幸福 石柱中益乡抓党建促脱贫之路》（上、下）深度报道，为广大网友展示中益乡帮助贫困户精准脱贫的措施、经验和成就。

一个月前，重庆市石柱中益乡坪坝村夏布非遗扶贫工坊内，村民们手拿剪刀和针线，熟练地制作着手袋、杯垫等夏布产品。

一波来自重庆主城的“客人”到来，让工坊热闹不已。奇怪的是，客人们不问产品的性价比，专问工人的生产生活情况。

原来是市委办公厅办公室、机关党委、秘书三处党支部党员，他们来到中益乡开展主题党日活动。

昨(22)日，记者在采访中了解到，以党建促脱贫，让党旗在脱贫攻坚一线飘扬，已成为市委办公厅扶贫集团抓扶贫工作的重要部署。通过帮扶单位与村支部开展的共建共享活动，促进了脱贫攻坚。

摸清“症结”抓党建

2017年8月，重庆吹响深度贫困乡镇脱贫攻坚号角。作为全市18个深度贫困乡镇之一，中益乡成立了脱贫攻坚工作指挥部，由7名市委办公厅扶贫集团成员单位帮扶干部、35名县级选派干部及中益乡原有干部共同组成，构建了运转高效、调配有力的指挥体系和攻坚作战队伍。

市委办公厅扶贫集团帮扶干部、重庆市物价局反垄断分局工作人员刘亚平是中益乡全兴村的“第一书记”。他到岗后的第一件事就是走访全村所有党员家庭。

刘亚平了解到，村里存在着党组织生活质量不高、党员管理不严、发展带动力不强等现象，造成党建工作在全兴村一直开展得很慢。

摸清“症结”后，刘亚平除了组织学习政策外，还要求党员干部对村里的发展大胆提意见、谈建议。

随着“党员身份亮出来”“定岗定责”等活动的开展，刘亚平发现，如今每次开会，党员决不无故请假。

党员干部的精气神提起来后，脱贫攻坚的步伐迈开了。对此，中益乡盐井村“第一书记”余建有很深的感受。

今年9月20日，盐井村组织召开党员大会。会议还有一会儿开始，余建就看到86岁的老党员黄玉兴拄着拐杖向村活动室走来。别人10多分钟的路程，黄玉兴走了40多分钟。

“其实，黄玉兴听力在逐渐退化，但每次开会都格外认真，他要感受大伙学习、谈论事情的精气神。”余建说，以前，村里面的党员大会没有案例可讲。而现在，每次党组织会议总会同产业发展、基础设施建设结合起来。由于“事事关己”，大家积极提意见、表态度，工作越来越积极。

脱贫攻坚的内生动力

“以党建促脱贫,让党旗在脱贫攻坚一线飘扬,已成为市委办公厅扶贫集团抓扶贫工作的重要部署。”市委办公厅中益乡脱贫攻坚指挥部办公室副主任、中益乡驻乡工作队联络员、重庆市财政局基层财政处副处长刘远海介绍,2017 年 9 月以来,市委办公厅扶贫集团成员单位的有关支部与中益乡的村支部共开展支部共建活动 19 场。

刘远海介绍,每一次帮扶单位与村支部进行的共建共享活动,都有着具体的主题。比如,看望慰问贫困户,协助村里解决群众关心的实际问题,围绕“扶贫”二字下功夫、做实事。

记者在采访中了解到,加入共建共享活动的还有市委办公厅扶贫集团驻中益乡扶贫工作队临时党支部。这支由 7 位“第一书记”和3 名队员组成的驻乡工作队成立党支部,除了部署日常工作之外,还加强学习。

奔跑在扶贫一线的“第一书记”,将建强基层组织作为首要任务。

在中益乡,“用干部的辛苦换群众的幸福”“村里来了扶贫队,我要努力不掉队”“先吃黄连苦,后享蜂蜜甜”等激励人心的标语十分醒目。

这些提振人心、鼓舞士气的标语,不仅印在姜黄色的房子、水库的大坝上、马路边,更刻在中益乡的群众心上,化成脱贫攻坚的内生动力。

党员与贫困户结对帮扶

中益乡海拔 800～1900 米,生态宜人,夏季气候凉爽,又毗邻黄水镇,处于大黄水旅游圈,是避暑消夏的好去处。近年,当地依托生态环境优势,鼓励群众发展乡村旅游。

由于农家乐投入不小，一开始村民们处于观望状态。“这种时候就该我们党员干部站出来，为群众做示范！”2017 年 5 月，党员谭海庭将自家房屋重新整修，开办起了“黄水人家”农家乐。那时，村上仅有农家乐 3 家。

顺势而为的农家乐，当年就盈利近 4 万元。此后，谭海庭成了“黄水人家”专业合作社中益乡片区的理事。

抓党建促进脱贫攻坚，这不是一句口号，而是广大党员干部们的真实行动。

一人富不是富，大家富才算富。谭海庭用行动来证明这一点。

邻居、建卡贫困户王庭萍准备修建房子。谭海庭主动建议她按照农家乐的方式修建，在房间里配套厕所，以免以后整改，并多次上门指导房屋的布局、门面的设计。

今年王庭萍家已开始营业，家庭收入得到增长。

“我这周边，除了我，都因孩子上学、家有病人等原因成为建卡贫困户。现在日子好了，都换上新房，准备吃旅游饭。”谭海庭总是很乐意把自己的经验和他人分享。对盆景颇有研究的他，还经常帮助周边邻居打造“院坝景区”，提升旅游档次。

2017 年，谭海庭主动与贫困户向瑞华结对帮扶对帮扶，每月上门 2～3 次，讲党的政策、聊家常、帮家务、干农活，对方需要什么，就做什么。当年年底，在农家乐协会年底总结会上，他为向瑞华发了 2000 元的分红。

在中益乡，与贫困户结对帮扶对帮扶的党员不止谭海庭一个。

聂国发是一名党员，经营着一家农家乐。目前，他已经与 3 户贫困户结对帮扶对帮扶，并邀请贫困户到家中做活，支付工资。

记者了解到，中益乡已有 24 名在家党员与 43 户贫困户结对帮扶对帮扶，每月上门帮扶 2～3 次，通过介绍工作、利益分红、帮忙干活、产业规划等举措，帮助贫困户精准脱贫。

市委办公厅扶贫集团抓党建的系列举措凝聚了人心，脱贫攻坚的成效看得见，摸得着，广大群众纷纷点赞。

——2019 年 10 月 23 日华龙网报道

用干部辛苦换群众幸福
石柱中益乡抓党建促脱贫之路（下）

昨(22)日，天上下着雨，有点凉。海拔1000多米的重庆市石柱县中益乡坪坝村烟雨蒙蒙。因为体弱多病，加之天气阴冷，68岁的建卡贫困户向瑞华在家中升起了火盆。

相比炭火散发的暖和，他的心底更暖。

几天前，同村54岁的党员谭海庭打来电话，询问他的身体情况，并告知他，今年年底的2000元分红一定按时到账。

抓党建 打造致富“共富链”

此前，谭海庭与向瑞华交往不深。

自中益乡打响脱贫攻坚战以来，在市委办公厅扶贫集团抓党建促脱贫攻坚的推动下，在两年时间里，谭海庭与向瑞华的关系已经很热络。

而这，只是中益乡深化抓党建促脱贫攻坚的一个小举措。

市委办公厅扶贫集团成员单位帮扶干部、35名县级选派干部及中益乡原有干部共同组成，构建了运转高效、调配有力的指挥体系和攻坚作战队伍。

记者了解到，中益乡采取“村支部＋党员＋贫困群众”方式，年初党员与支部签订服务承诺书，通过设置志愿服务岗、义务监督岗、邻里互助岗等党员示范岗位,将党员承诺践诺与扶贫工作结合,压实党员脱贫攻坚责任,倒逼党员提升自我净化、为民服务的积极性、自觉性。

中益乡副乡长郎涛说,目前,该乡把全面加强基层组织建设作为主线,贯穿脱贫攻坚工作始终,通过村支部牵头成立集体经济组织,引进培育龙头企业,压实党员责任,发动亲朋好友,组织各方力量参与结对帮扶,打造致富“共富链”,让党建成为看得见的生产力,深度发力促脱贫。

党员干部带头发展产业

位于武陵山区大风堡原始森林深处的中益乡,属于典型的“两山夹一槽”地势,位置偏远、土地贫瘠。基础设施落后,产业发展欠缺。

盐井村的青年小伙谭斌意识到这个问题。

6 年前,谭斌结合自己在大学里所学的水产专业知识,开始养蛙,步入正轨后,又回到城区上班,石蛙交给父亲谭启禄管理。

谭斌和父亲很少拌嘴,但却因如何发展产业带动村民致富“闹”了点“情绪”。

2017 年,时值脱贫攻坚深入推进,中益乡拟以 20 万元扶贫资金入股谭斌的隔岩洞石蛙专业合作社,为 10 户贫困户兜底。

得知消息后,谭斌算了一笔账,认为这种方式经营他要亏,不愿意干。

谭启禄知道儿子的犹豫点,自家虽不是贫困户,但挣钱也不容易。可自己是党员,也是一位村社干部。于是给儿子做起了思想工作:“地方产业太少了,我们应该发展产业,带动附近的村民共同致富。”

听着父亲苦口婆心的劝说,谭斌应允。同时也回村上和 10 户贫困户开了一次会,希望大家一同把这个合作社做大,把产业做起来,不能只靠扶贫资金过日子。

如今，连续两年，10户贫困户都得到了分红。平常，还可到合作社清理池子、清除杂草，赚工资。

“如今，我们扩大规模了，按这个状态发展下去，我也不会亏了。”说着合作社的前景，谭启斌喜上眉梢。

让群众从产业链中富起来

党组织深度嵌入产业扶贫，让群众从产业链中富起来。在中益乡，这样的事例不少。

2017年8月以来，中益乡以产业振兴为发力点，深度调整产业结构，将“温饱型”粮食作物调整为“小康型”经济作物，土地产值增效，人民群众的生活质量得到大幅提升。

产业结构调整的背后，涌现出很多故事。

“中益乡实施产业结构调整的第一块地就发生在我们这里。”盐井村第一书记余建告诉记者，当时经涉农专家的考察，计划栽种50亩前胡，作为示范基地。专家们也通过算账等方式，宣传调整产业结构的科学性。

扶贫工作队和村支两委干部白天做业务工作，晚上走村入户做群众思想工作，一笔笔算账，动员大家种植前胡。

能活不？销路如何？有的群众心中依然有疑虑。

这时候，村支部书记文奎洋站了出来。“如果大家不放心，我用土地给你换，或者你们把土地租给我，我来做。”

文奎洋又找来陈善父与焦廷发两位党员，三人合计之后，决定率先试一试。

看着党员干部租地也要种，大多数群众答应种植，可仍有小部分不情愿。

文奎洋通过自家更换或给租金的方式,协调了5.5亩地种上前胡。当年就见到效益:种植前胡每亩产值达3000～4000元。

村民们的疑虑消除了,开始自发种植前胡。盐井村也在全乡范围内率先完成产业结构的调整。到目前为止,已经种植了694亩前胡、465亩脆红李、850亩辛夷花。

通过"集体经济组织+龙头企业+农户"模式,中益乡通过各村支部牵头成立康凯旅游公司,引进泽泰、泰尔森等龙头企业带动发展中药材2254亩、后备箱经济作物和经果林693亩、中蜂1780群,通过土地流转、参股分红、吸纳就业、承包经营等方式带动贫困群众增收,预计今年村集体分红36万元。

——2019年10月23日华龙网报道

韩玉川的“金点子”

韩玉川是中国农业银行重庆市分行派驻重庆市石柱土家族自治县中益乡的定点扶贫干部。自2018年10月来到中益乡后，他一直秉持着担当“身先士卒的冲锋员、脱贫增收的领路员、党的方针政策的宣传员、协调各方的联络员”的自我要求，忠实履职，忘我工作，足迹踏遍了中益土家山乡的山山水水，把情谊送进了大山深处的村村寨寨。

如何创新思路，帮助集体经济实现可持续发展？这是韩玉川开展扶贫工作一年多来一直在探索的头等大事。韩玉川将这一课题作为扶贫工作的重心，仔细思考，充分论证，广泛调研，提出了两项创新建议：

一是突破传统方式，创新性地将扶贫捐款用于增加贫困村集体经济组织注册资本金。

韩玉川调研发现，中益乡原有的产业难以推进，主要是因为资金缺乏制约了集体经济组织的发展，如果用传统的捐款方式来支持，容易出现钱捐了产业没发展起来、受捐对象内生动力仍然得不到激发等问题。

为了避免这种问题的出现，韩玉川向中国农业银行重庆市分行和石柱县支行提出，将中国农业银行的扶贫捐款增加为华溪村集体经济组织的注册资本金，帮助改善公司股权结构，中国农业银行在公司里不占股、不分红、不得利，资本金收益全部归华溪村集体经济组织和广大贫困农户所有。

韩玉川的建议得到采纳,去年底,中国农业银行重庆市分行以特殊党费的形式筹集资金 100 万元,加上今年初该分行处级干部捐款 18.6 万元,共 118.6 万元直接增加了华溪村集体经济组织的注册资本金。这样将扶贫捐款直接用于增加贫困村集体经济组织注册资本金的创新方式,在中国农业银行重庆分行的扶贫工作中还是第一次。

资金有了,种什么?这是韩玉川在华溪村面临的又一个问题。近年来,村集体经济组织先后种植过菊花、竹笋、辣椒等经济作物,然而产业发展都不理想。韩玉川来到中益乡后,虚心地向有关部门领导和众多基层干部"取经",深入田间地头反复调研,借助多种渠道收集农村产业发展的各类信息,最终认定黄精种植能有效助推华溪村集体经济组织发展和广大贫困农户脱贫增收,他便主张将中国农业银行的扶贫捐款作为专项资金用于种植黄精。韩玉川的这一建议得到地方政府和中国农业银行重庆市分行的大力支持。

二是给黄精种植产业购买保险。只有黄精顺利生长并如期完成产出目标,才能确保华溪村集体经济组织和广大贫困农户实现增收。韩玉川仔细研究了黄精种植地所处的地理环境,认识到当地自然灾害易发,为黄精产业购买自然灾害保险是十分必要的。

韩玉川组织完成投保前期的准备工作后,中国农业银行重庆市分行党委在分行内部向行处级干部发起了为华溪村黄精购买保险的捐款倡议,大家踊跃捐款,不到半天时间,购买保险所需的 13 万多元费用全部凑齐。7 月 16 日,这份承载着中国农业银行重庆市分行近万名员工对贫困山区人民真情厚意的黄精种植保险单正式开出,华溪村的黄精产业穿上了防灾减灾的"防护衣"。

给贫困村的农业产业购买保险,这在中国农业银行重庆市分行的扶贫工作中同样是第一次。韩玉川的这一创新建议为华溪村集体经济组织和广大贫困农户增收提供了坚实的安全保障,消除了他们发展扶贫产业的后顾之忧。

就在保单开出后不久，中益乡遭受暴雨袭击，数亩黄精受损。灾情发生后，韩玉川第一时间向中国农业银行重庆市分行报告情况，该分行有关部门及时与承保公司取得联系，当天中午保险公司就赶到中益乡进行现场查勘定损。不到一周时间，4800元理赔款就到位了。随着中益乡黄精产业的稳步发展，目前，这里的黄精基地已成全国各地扶贫工作队参观、考察、学习的热门地点。

“扶贫需要大爱奉献，我要像对待自己的亲人一样对待贫困农户，为他们送去农行人的温暖。”这是韩玉川加入扶贫队伍时立下的誓言。对于下一步扶贫工作的开展，韩玉川十分谦虚，同时信心满满。“我还存在许多不足，今后还要继续发扬成绩克服短板，努力争取扶贫工作实现更大进步。”

——2019年11月25日农村金融时报报道

王祥生：一切为了村里的乡亲们

“全村富才是真正富”是中益乡华溪村党支部书记王祥生的座右铭。2003 年，从小立志走出大山，并依靠自己的聪明实干将生意经营得风生水起的王祥生，听从父亲“一个人致富不是本事，带动全村人致富才是真本事”的建议，毅然放弃事业回到村里，从村文书干到村党支部书记。这一干，就是 17 年。

多年来，他牢记使命，践行诺言，兢兢业业、勤勉工作，多次被县委、县政府评为优秀共产党员、脱贫攻坚工作先进个人……

攻坚克难，他当起“全职干部”

2017 年 8 月，中益乡被确定为市级深度贫困乡之后，对脱贫攻坚工作提出了更高的要求。

为了脱贫攻坚工作的有序推进，王祥生几乎把全部精力都用在了村里，做起了“全职干部”。他经常加班加点，工作到深夜是家常便饭，对村里每户贫困户的基本情况都了如指掌。

2018 年 8 月，王祥生因直肠息肉到重庆主城医院做了手术，本应该住院休息 2 周，但是脱贫攻坚的担子压在肩上，手术后第二天便匆匆赶回华溪村上岗工作。

王祥生对自己“苛刻”，对家庭也是充满愧疚。2019 年 4 月 1 日，其岳父不幸因病去世，却时逢村上“大忙”，他白天一心扑在工作中，深夜赶到岳父家守孝，4 月 5 日送岳父入土为安后，又飞奔到村委忙开了。

一分耕耘，一分收获。在他的带领下，华溪村稳定实现了贫困群众“两不愁三保障”，最后 8 个未脱贫户也在去年 12 月脱了贫。2019 年，全村人均可支配收入达 14138 元。全村完成村公路油化及硬化 14.48 千米，建设人行便道 10.8 千米；蓄水池 10 口；山坪塘 3 口；移动通信站 4 个，实现农网改造全覆盖，有力保障了全村群众交通、饮水、通讯、用电等生产生活需求，并为产业及旅游的发展打下了坚实基础。

一心谋发展，他当起“带货达人”

2017 年 12 月，华溪村成为全市首批 38 个“三变”改革试点村之一。王祥生决定以“三变”改革为契机，建立稳定可持续的收益模式和长效利益联结机制，让贫困群众一举摘掉“贫困帽”。

推进“三变”改革，培育市场经营主体是关键。王祥生带领村两委积极创新，先后成立了“村社合一”的华溪村股份经济联合社和村集体经济组织与村民合股的中益旅游开发有限公司，在不断的探索实践中，逐步建立健全了“明晰规范产权、优选产业项目、培育经营主体、注重权益保障、防范管控风险”的基层经济治理新机制，形成了“村办企业盈利、集体经济壮大、广大村民增收”的村域经济发展格局。

村办企业和集体经济组织建起来了，蜂蜜、黄精、肉牛、山羊等产业发展起来了，太极集团、希尔安药业等著名龙头企业纷纷进驻华溪村设置了收购点，定向采购特色农产品。2019 年 12 月，全村 427 户农户分享了首笔红利共计 22.792 万元。

“今天，我给大家推介的第一款产品是来自华溪村的土蜂蜜……”

4 月 15 日晚上,王祥生来到镜头前,和网络扶贫达人“乡村胡子哥”一起玩起了网络直播带货,让华溪村的优质农产品走出石柱,销往全国。

润物无声,他当起致富“领跑人”

为了切实解决农村环境脏、乱、差等突出问题,华溪村积极引导群众破除陈规陋习,树立文明新风,大力推进农村人居环境综合整治工作,深入开展改厕、改厨、改地坪、改风貌和清垃圾、清杂物、清庭院等工作,不仅美化了乡村的“面子”,更提升了“里子”。

在王祥生潜移默化的影响下,村民们的思想发生了巨大的转变,变得更积极向上,也更懂得感恩了。今年春节,新冠肺炎疫情肆虐,全体村民自发向武汉方舱医院捐献 360 斤百花蜜,另外还向武汉捐款 2.7 万余元,助力武汉人民抗击疫情。

“如今政策就是好,我要努力往前跑。”在王祥生的带领下,全体村民将“感恩”“奔跑”作为精神动力,在脱贫致富的道路上昂首阔步、奋力前行。

——2020 年 4 月 23 日石柱网报道

用干部的辛苦换群众的幸福

——记重庆市财政局派驻石柱县中益乡工作队副队长刘远海

今年是刘远海陪伴中益乡奋力向前跑的第四个年头。几年来，他始终以一名共产党员的标准严格要求自己，坚定投入到脱贫攻坚主战场。

在渝东南海拔800～1900米的千峰万壑间，紧邻云雾缭绕的大风堡原始森林，有一方积贫积弱的土地。这里，就是重庆市18个深度贫困乡镇之一的石柱土家族自治县中益乡。

对深度贫困乡镇，重庆精准到人头、统筹到区域，深度发力，下足“绣花”功夫。如今，中益乡贫困人口由2018年底的46户121人减少为2019年底的12户30人，贫困发生率对应地由1.72%降至0.45%。

牢记总书记的嘱托

一年来，刘远海和队员们牢记总书记的殷殷嘱托，紧扣“两不愁三保障”的“核心指标”，努力提高贫困群众生活质量。

夏日里的中益乡，山清水秀，草木葱郁，一派生机勃勃。平整宽阔的沥青路，独具特色的姜黄色砖房，随处可见太阳能路灯和摆放整齐的垃圾桶……这一切，彰显着村民的幸福生活。

对于第一次到中益乡的人来说，很难将深度贫困与如今的所见所闻联系起来。

重庆市财政局派驻石柱县中益乡脱贫攻坚指挥部办公室副主任、驻乡工作队副队长刘远海回忆说,“刚到中益乡入户走访的时候,乡路没有硬化,入村入组通畅率极低;百姓家里没有自来水,饮水安全没有保障;传统土木结构的土家族住房,年久失修,摇摇欲坠……”

去年 4 月,习近平总书记视察重庆,在中益乡小学看望了师生,在华溪村看望了贫困户、老党员,还召开了院坝会,随后在重庆主持召开解决“两不愁三保障”突出问题座谈会并发表重要讲话。

“总书记来到中益乡,我们既增加信心又深感责任重大。”刘远海说,为推动习近平总书记视察重庆重要讲话精神落实落细落地,他们协助督促中益乡抓好学习宣传,走村入户把讲话精神带到田间地头、千家万户,切实把讲话精神转化为脱贫攻坚的工作思路、具体抓手、帮扶成果。

一年来,刘远海和队员们牢记总书记的殷殷嘱托,紧扣“两不愁三保障”的“核心指标”,再次开展 3 轮全覆盖全方位走访排查。同时,建立网格化动态监测机制,每月定期全覆盖摸清义务教育、基本医疗、住房安全及饮水安全等问题底数,及时逐人逐户逐项研究解决,在精准落实扶贫政策确保不突破现行脱贫标准的基础上,努力提高贫困群众生活质量。

“‘两不愁三保障’,很重要的一条就是义务教育要有保障。”刘远海说,中益乡小学改扩建后的宿舍楼和综合楼焕然一新,原来的水泥操场变成了彩色的塑胶跑道。在扶贫配套资金支持下,学校新建了网络教室两间,并与城区学校联网;还新建了爱心小屋,可以为学生们开展心理疏导。

“针对总书记关心的‘贫困户房屋鉴定准不准’,我们再次对全乡土木房屋走访核实,对原鉴定结果有偏差的 24 户重新挂牌,未发现原鉴定结果不准确但确属危房现象。”刘远海说,自中益乡确定为深度贫困乡镇以来,共计实施危房修缮加固 583 户、D 级危房重建 75 户、“六改”1362户，并对全乡所有农房进行了安全等级鉴定。如今，乡亲们都说住得更安稳了！

中益乡还补短板、破瓶颈，打通道路“最后一公里”，新建的两个大水厂和多个分散的饮水池，让村民用上了自来水。

目前，中益乡“两不愁三保障”突出问题已得到解决，扶贫政策也落地落实，脱贫攻坚质量显著提升，村民在奔小康的路上更有底气。

抓生产、搞发展，努力往前跑

发展产业是实现脱贫的根本之策。中益乡结合自身环境优势，加力发展黄连、中蜂、旅游等产业，增强贫困户持续发展能力。

“太阳出来啰儿，喜洋洋欧啷啰，挑起扁担啷啷扯……”这首啰儿调《太阳出来喜洋洋》，是流传于石柱县的传统音乐。歌词里描绘的热火朝天的劳动生活场景，正是当前中益乡的真实写照。

然而，几年前的中益乡是一个名副其实的“穷山沟”，全乡在耕及可开发耕地仅1.3万亩，且土地零碎、土壤贫瘠、坡地较多，土地撂荒占全乡在册耕地67%，老百姓世代种植传统的红薯、土豆、玉米“三大坨”，勉强维持温饱。所辖7个村均是支柱产业“空白村”、集体经济“空壳村”。

深度贫困需深度发力。针对深度贫困这个难啃的“硬骨头”，重庆市提出要深度改善贫困地区生产生活生态条件，深度调整产业结构，深度推进农村集体产权制度改革，深度落实各项扶贫惠民政策。为此，刘远海积极参加编制脱贫攻坚规划，研究制定易地扶贫搬迁、产业保险和产业发展等扶贫政策。

“发展产业是实现脱贫的根本之策。中益乡要实现稳定脱贫，产业结构调整刻不容缓。”刘远海说，中益乡结合自身环境优势，加力发展黄连、中蜂、旅游等产业，增强贫困户持续发展能力。

通过产业调整，中益乡将传统的“三大坨”因地制宜地变成了中蜂、中药材、果蔬三大特色产业，粮食作物、经济作物产业比例也从 9∶1 转化成了 1∶9，老百姓每亩收入从 400 元变成了 2500 元以上。

“蜂源有政府帮忙联系，技术有专业人员上门指导，还申请到了 5 万元的扶贫小额信贷资金，我一口气将中蜂由原来散养的 10 多群发展到近 50 群。”中益乡龙河村贫困户谭启军高兴地说，去年便收获蜂蜜 300 多斤，收入 4 万多元。

中益乡在充分发动群众发展中蜂产业的同时，还按照“蜂文旅”融合发展思路，深入挖掘土家蜜蜂文化，持续巩固蜜蜂产业基础，规划打造一批蜜蜂主题旅游产品，着力打造“中华蜜蜂第一镇”。

刘远海介绍说，中益乡发展旅游具有良好的生态环境优势。中益乡海拔 800～1900 米，生态宜人，夏季气候凉爽，处于大黄水旅游圈，是避暑消夏的好去处。中益乡大力发展民宿，把绿水青山这个自然财富变为经济财富。

“日子越过越好啦！党的政策好，我们更要努力向前跑！”数着手中越来越多的红票子，村民们脸上都笑开了花。如今在中益乡，“用干部的辛苦换群众的幸福”“村里来了扶贫队，我要努力不掉队”“先吃黄连苦，后享蜂蜜甜”等标语十分醒目。这些提振人心、鼓舞士气的标语，不仅印在姜黄色的房子、水库的大坝上、马路边，更刻在中益乡的群众心上，化成脱贫攻坚的内生动力。

用心用情用力帮扶困难群众

刘远海以积极的态度、昂扬的精神、扎实的作风和亲切的言语投入脱贫攻坚工作，给乡亲们留下了深刻的印象。

“还记得刚到乡里时，在走村入户的过程中发现，大多数农户都在家团团围火而坐，有的摆龙门阵聊家常，有的喝酒小聚，有的娱乐打牌，田间地头很少看到劳动者的身影。”刘远海说，现在村民们都愿意走出院门，用双手去摆脱贫困。

中益乡在改变，刘远海为村民们谋发展的心却始终没变。

今年是刘远海陪伴中益乡奋力向前跑的第四个年头。几年来，他始终以一名共产党员的标准严格要求自己，坚定投入到脱贫攻坚主战场。每月至少驻乡工作 27 天以上，“白加黑”“五加二”是工作常态，白天走村入户全面详细了解村情民意，晚上与其他同志一起研究问题、商量对策。

刘远海说，扶贫工作要发挥组织优势，引导形成帮扶合力。如对接财政、环保等市级部门，争取帮扶资金 4800 万元；联系商会、协会捐款捐物 100 多万元；协调市餐饮协会对华溪村偏岩坝 9 户农户开办农家乐进行点对点帮扶；协助对接融创、金科等大型企业参与扶贫，合力打造“中华蜜蜂第一镇”。

刘远海表示，要把群众生活急需、生产必需的项目作为主攻方向，不断巩固产业发展成效，增强群众获得感。一方面，督促各方保质保量实施扶贫项目，加强检查和审计，确保扶贫项目顺利推进、扶贫资金使用合规；另一方面，及时解决产业发展难题，如协调银行创新金融扶贫模式，解决农户资金短缺问题。

刘远海以积极的态度、昂扬的精神、扎实的作风和亲切的言语投入脱贫攻坚工作，给乡亲们留下了深刻的印象。

“大家遇到问题都愿意找他商量，他是一个‘热心肠’，是一个有办法的人。”全兴村村民陈世琼说。

陈世琼是刘远海在中益乡结对帮扶的两户贫困户之一，家里六口人，两个老人身体不好，两个孩子都在读书，属于因学、因病致贫。

“在刘队长的帮扶下，家里种上了黄连，孩子上学、老人看病都能享受到国家政策。不知道该怎么感谢好!"陈世琼说。

据了解,刘远海根据致贫原因和家庭情况制定脱贫措施,经常上门帮扶,向同事及亲朋推销贫困家庭的农副产品,帮扶成效较好,两户帮扶户已于2018年脱贫。

——2020年5月14日中国财经报报道

求突破、谋发展
重庆石柱驻村“第一书记”的扶贫叙事

“刚离开家时，孩子在上初一，现在马上要中考了”“每月平均有两三天通宵工作，平常是工作到晚上 10 点”“印象最深的是农户拿到分红时脸上灿烂的笑容”……今年是决战脱贫攻坚，决胜全面建成小康社会的收官之年，在广大乡村，扶贫干部们深入一线，为助农脱贫致富辛勤耕耘着，他们做了什么？有何收获？12 日，记者去到重庆市石柱县中益乡，走近重庆市委办公厅扶贫集团驻中益乡工作队，倾听扶贫干部们的工作与生活。

重庆市委办公厅一级巡视员、重庆市委办公厅扶贫集团驻中益乡工作队队长李建树介绍，2017 年 8 月该工作队开启扶贫工作，现有 36 名队员，最大的 59 岁，最小的 37 岁，分布在全乡 7 个行政村。通过推动各类资源、各方力量向中益汇聚，形成帮扶工作合力，近 3 年时间，目前全乡未脱贫的仅有 12 户 30 人，贫困发生率下降至 0.45%，中益乡发生了翻天覆地的变化。

抓好党建促脱贫

坪坝村是中益乡面积最大、人口最多的一个深度贫困村。驻坪坝村第一书记、重庆市教育科学研究院教研员韦永胜调研后发现，“村中党支部组织涣散,凝聚力不强,群众等靠要的懒惰思想尤为严重”,于是,他开始践行“百姓要脱贫,党建必先行”的工作理念。

通过提升支部战斗力、强化党员带动力、激发群众内驱力,坪坝村加强了村组干部队伍建设。建立利益链、亲情链、压实责任链,该村建立了“龙头企业+集体经济+农户”的利益联结机制,业务项目涵盖了中药材种植、中蜂养殖、电商发展、乡村旅游等,2018 年村集体经济收入突破 10 万元,彻底改变了“空壳村”的现状。

在乡村的工作虽然忙碌,但韦永胜思考着“要为自己的扶贫工作留下总结”。2019 年 3 月起,他开始系统地整理工作中遇到的扶贫案例,通过举例子、写感受,汇集扶贫工作中的处世办法,写成 10 余万字的《坪坝花开》一书,以期为基层工作者提供交流学习范本。

韦永胜在给准备中考的儿子的信中写道:“何为扶贫?现在与你讲很多东西,有点空有点大,但未来你会知道意义所在。人生平淡,就是要做些实事,做点力所能及的事。”

找到突破聚民心

生于 1983 年的刘亚平是工作队中最年轻的第一书记。当他刚到中益乡全兴村时,映入眼帘的多是满目疮痍、五六十年代修建的木头房子。“村里这么破旧,一两年时间能完成脱贫任务吗?”刘亚平心里也犯起了嘀咕。

更大的挑战还在后头。刘亚平第一次召集大家开群众会,迎来的是满堂倒彩,“什么标准可以吃低保?”“贫困问题怎么解决?”村民们的连连发问令他深感压力。

“群众反映最强烈的问题,一定是他们最关心关注的问题。”以此为突破口,刘亚平开始走户,用了 2 个月时间与村中 297 户见面,详细记录每一户的生活情况和土地面积等信息。针对村民反映的违规享受低保问题,刘亚平推翻村中60户低保户的“旧账”,严格按照农村低保的申请程序和政策,最终确定了17户低保户。

2019年调查显示,全兴村的干群关系满意率达到98.6%。刘亚平说,自己现在最开心的是去到田间地头,村民喊着“刘书记,来家里吃饭”。“群众相信我、支持我、拥护我,就是我工作的最大动力。不做点成绩对不起老百姓。”

科学规划谋发展

中益乡虽然山清水秀,但山高坡陡、土壤贫瘠,乡中多是“鸡爪地”“巴掌田”,很难发展规模化的产业。工作队到达中益乡后,主动对接财政、农业、规划、环保等重庆市级部门70次,协调重庆市级部门实地指导调研144次,争取帮扶资金1.37亿元,同时积极与市场主体联系,借助社会力量帮扶,如联系西南大学、四川美术学院为中益乡村旅游、道路美化进行规划设计等。

“我在高校工作,就希望把科教资源最大限度地发挥出来,成为连接高校与扶贫的桥梁。”西南大学督查办主任兼党政办副主任秦松认为,村民想要致富求发展,不能依赖种植业,需靠乡村旅游。

规划科学是最大的效益。秦松介绍,工作队通过“走出去”学习借鉴周边区县先进经验,“请进来”聘请专业公司规划设计和跟踪指导,在充分调研论证的基础上,最终确立了中益乡“中华蜜蜂小镇”形象主题定位。

围绕“中华蜜蜂小镇”主题,工作队积极引进培育经营主体,帮助各村成立集体经济组织,大力发展以民宿旅游为龙头,以中蜂、中药材为重点的新型高效产业,打造“一村一园”特色产业园,促进农旅深度融合,中益乡粮经种植比一举从 9∶1 调整为 1∶9。

秦松说,下一步,工作队还将加快山地旅游建设,发展一批农家乐,让村民尝到脱贫攻坚带来的实实在在成果。

——2020 年 6 月 12 日中国新闻网报道

石柱中益乡突遭暴雨袭击，获救村民感慨——“看到党员在，我们的心里就很踏实”

2020年7月5日，石柱土家族自治县中益乡突降暴雨，累计雨量达到96.7毫米。受暴雨影响，中益河河水一小时内暴涨3米，洪水流量约每秒1848立方米。

这是石柱有监测记录以来，中益乡降雨强度最大、暴雨间隔时间最短的一次降雨过程。

此次暴雨天气造成该乡近200人受灾，200余亩农作物受损，正在建设的中益河柿子坝人行桥脚手架被洪水冲垮，乡主干道、农村公路数十处出现垮塌。

洪水无情人有情。面对来势凶猛的洪水以及引发的紧急灾情，中益乡广大干部群众科学应对、积极抢险，全力确保全乡7个村未出现人员伤亡。

“先保证人员安全，财物不能抢就不要了……”

灾情，就是集结号。5日凌晨，中益乡机关干部、驻乡工作队及村干部闻“汛”而动，听从一项项指令、展开一个个行动，科学组织排危抢险、妥善安置受灾群众、全面维护社会稳定……

“快起来！快起来！”“水来了！有危险！做好撤离准备”……5日凌晨，华溪村党支部书记王祥生来不及抢救自家底楼小超市被淹没的货物,组织党员干部挨家挨户敲门叫醒沉睡中的村民。

“塌方的地方不要靠近,河道水流过大不要强行过河,房屋进水农户不要用电……先保证人员安全,财物能抢就抢,不能抢就不要了……”5日上午10点30分,坪坝村党支部书记刘成勇在“坪坝村”微信群里连发三条信息。此时他已连续值班近30小时,一刻也没休息,脸上满是疲惫。

从5日早晨7点到下午3点,坪坝村党支部副书记柯涛和坪坝村驻村工作队副队长谭笑一直马不停蹄地在全村走访,组织群众开展灾后自救重建。因长时间泡在水中,他们的脚底泡得发了白。

一天时间里,中益乡对有安全隐患的48户进行了挨家挨户劝离,对危桥、漫水桥、垮塌公路等处及时拉起警戒线、设立警示牌。

“危急时刻,一名党员就是一面旗帜”

“我是凌晨5点多被华溪村干部的呼喊声叫醒的。”中益乡敬老院院长吴辅祥告诉记者,他被叫醒后,发现敬老院底楼已漫水约20厘米,院内厨房、储藏室等受到洪水侵袭。

乡里得知险情后,立即安排十多名党员干部迅速前往敬老院,一面安慰住在二、三楼的老人,一面搬运一楼的餐具厨具、粮油食品等,并在水退后帮助敬老院冲洗院坝,直到恢复原貌。

“多亏了这群年轻人,没有他们的帮助,我们无论如何都忙不过来!”吴辅祥对党员干部的及时相助感激不已。

5日下午,洪水消退后,中益场镇出现一道特别的风景线——乡政府的女干部们穿着筒靴、拿着扫帚,帮助群众清理淤泥。

在小超市店主谭登杰家里,女干部刘淑蓉把屋内淤泥初步清理后,又把泡了水的食用油、洗衣粉等一件件搬到屋外,一边仔细清洗上面的泥污,一边安抚情绪低落的谭登杰。

“危急时刻，一名党员就是一面旗帜。看到党员在，我们的心里就很踏实。”华溪村先锋组村民花仁淑说。

“大家帮我清理完后，饭都没吃一口就走了”

5日凌晨，暴雨导致坪坝村高台桥水库水位上涨，洪水漫至公路上，直逼低洼处村民敖维权的小卖部。然而，敖维权一家却浑然不知。

“敖维权，洪水要进你家了，快开门，我们来帮你搬东西。”田坝组组长聂国发跑到敖维权家敲门示警，十多位邻居也闻讯赶来帮忙，一家人这才从睡梦中惊醒。

很快，洪水漫进小卖部。“大家莫乱，先搬值钱的和不能泡水的，年轻人搬大件。”聂国发大声指挥着大家，用了半个多小时，终于把货物全部转移到安全地方。洪水消退后，大家又帮敖维权清理积水和淤泥。

坪坝村村民向世红的房屋位于一条溪沟旁，是全村重点监测对象之一。5日凌晨5点多，放心不下的村支书刘成勇第一个来到向世红家，发现他家的后院已经进水。此时向世红不在家，只有他22岁的儿子向伟在楼上睡觉，刘成勇赶紧安排向伟转移到安全地点。

“我回到家时，刘支书已经组织十多名干部、邻居帮我清除积水和泥沙。”向世红说，大家花了近6个小时才把他家后院的泥沙清理干净，“大家帮我清理完后，饭都没吃一口就走了”。

——2020年7月7日重庆日报报道

重庆石柱县华溪村第一书记汪云友：总书记叮嘱我们“努力向前跑”

华溪村脱贫成绩单

“太阳出来啰儿，喜洋洋欧啷啰，只要我们多勤快，不愁吃来不愁穿……”一曲脍炙人口的土家民歌《太阳出来喜洋洋》，唱出土家人对幸福生活的期盼。

2019年4月15日，习近平总书记来到重庆市石柱土家族自治县中益乡华溪村，访农户、看扶贫、话产业，实地了解村里脱贫攻坚工作情况。

回忆起总书记考察时的情景，华溪村第一书记汪云友很自豪：“总书记握着我的手，详细了解驻村工作情况，勉励我们一锤接着一锤敲，一仗接着一仗打。”

汪云友指着通往县里的柏油路告诉我们，总书记来的时候，这里还是条水泥路，如今已经铺上了沥青。“我们要让这条柏油路变成致富路、幸福路！”

“脱贫了工作队伍也不能撤”

当天，在华溪村老党员、已脱贫户马培清家院子里，习近平总书记同村民代表、基层干部、扶贫干部、乡村医生亲切握手，围坐在一起交流。总书记对乡亲们说，小康不小康，关键看老乡，关键看脱贫攻坚工作做得怎么样。

“总书记叮嘱我们，脱贫了工作队伍也不能撤，脱贫攻坚仗打完后还有乡村振兴任务。”汪云友说，总书记来的时候，华溪村建档立卡贫困户 85 户、302 人中，尚有 8 户、19 人没有脱贫，2019 年已全部脱贫。

过去，华溪村是个支柱产业“空白村”、集体经济“空壳村”。全村可耕地面积严重不足，尽是“巴掌田”“鸡爪地”，以种植传统粮食作物为主，村集体基本没有收入。

“党的各项惠民政策要落实好，乡亲们要一起奋斗，努力向前奔跑，争取早日脱贫致富奔小康。”总书记的话，汪云友牢记在心。修柏油路、装路灯、发展乡村旅游，一年多来，汪云友干劲十足。

村民的精神状态也不一样了。“以前冬天，不少人裹件棉大衣，围在火炉、牌桌和酒桌边。现在，大家都忙起来，有的在装修自家房子，有的在清理垃圾，到田间地头看看，还有不少村民在补种木瓜、脆桃、脆李等经济作物。”村党支部书记王祥生说。

“既然党的政策好，就要努力向前跑”

“那天，总书记沿着乡间小路步行查看自然环境、村容村貌，了解村里通过种植中药材黄精等特色经济作物带动村民脱贫情况。”汪云友回忆。

“做梦也没想到，我们能过上这样的好日子！”80 多岁的马培清说。那天，在马培清家，总书记了解到她家通过参加华溪村黄精中药材产业发展和土地入股分红、管护药材基地等方式，实现了稳定脱贫，非常欣慰。总书记说，看到大家不愁吃、不愁穿，教育、医疗、住房安全越来越有保障，心里感到很托底。

第二天,总书记在重庆主持召开解决“两不愁三保障”突出问题座谈会时指出,要因地、因人制宜,缺什么补什么,能干什么就干什么,扶到点上、扶到根上。

为了选准既适宜本地自然条件又有市场销路的特色农产品,汪云友和村干部经常坐十几个小时车到外地选种、采购。“有次汪书记外出采购,在雪地里冻着了,回来后嗓子发炎,好一阵说不出话。”村民谭久福说。

为了保证农产品的销路,华溪村建成 2700 平方米的扶贫加工车间,引进重庆太极集团、希尔安药业等企业,还开发了电商平台。“去年我们接到了一个 70 万元的大订单!”华溪村电商服务平台工作人员陶柃妍喜上眉梢。

华溪村还成立了由村集体股份经济合作社、中益旅游开发有限公司及多个合股联营项目组成的市场化运营平台。“合作社吸纳全村 1280 人为股东,60%的收入为全体社员分红,公司注册资金为 500 万元,其中包括 16 位村民共同出资的 32 万元。”汪云友介绍。

此外,村里以土地折价入股方式发展脆桃、脆李等水果 400 亩,吴茱萸等中药材 1800 亩,林下套种黄精、西瓜等经济作物,还在种植基地推行“返包制”,由村民进行管护,返包农户 3 年下来每亩能获得 2000 元管护费。

“总书记说,既然党的政策好,就要努力向前跑。”中益乡党委书记谭雪峰说,攻克深度贫困堡垒,根本和长效之策是充分激发群众内生动力,发展好特色产业,中益乡 2019 年带动贫困户户均增收 2740 元。

“脱贫致富不能等靠要”

“总书记离开村口后,很多人久久不愿散去。”在“桃园居”农家乐,刘益洪打开了话匣子，“总书记叮嘱我们，幸福是奋斗出来的，脱贫致富不能等靠要。”

“桃园居”是 2019 年初开张的，一开始遇到不少经营问题。在汪云友和驻村工作队帮助下，刘益洪获得石柱县 5 万元的政策性补贴，一年下来收入近 8 万元。“去年‘五一’、国庆前后游客多，我专门请了贫困户来帮厨。”

“致富路要走得稳，光靠农产品还不够，需要多条腿走路。”汪云友和驻村工作队商量，华溪村旅游资源丰富，可以大力发展农家乐。

汪云友选定具备条件的 9 户村民，一一上门做工作。没有餐饮经验，协调重庆大型餐饮企业对口帮扶；没有经营知识，组织他们去山东等地培训……2019 年底，9 家农家乐全部开张。

走进村民马文财开的农家乐，楼上有两间客房，楼下设一个汤锅餐厅，出门就是大片藕池。“这样我就不用再到外面打工了。”

“看到乡亲们的日子越来越好，再苦再累也值得！”汪云友说，“总书记叮嘱我们，党员干部要到脱贫攻坚的一线、到带领群众脱贫致富的火热实践中历练，经受考验，磨炼党性，增进群众感情，增强做好工作的本领。我一定会按总书记的要求，冲在前头，站在一线，加油干，奋力跑。”

——2020 年 8 月 6 日人民日报报道

骆建东：让后进村从零起步壮大集体经济

今年夏天，重庆市石柱县中益乡受到了有记载以来最大的降水袭击，连续强降雨引发多处山体滑坡，其中，建峰村是受灾较重的村，通往乡里的公路被阻断了，车辆需沿大风堡至冷水绕行几十千米才能到乡里。

7 月 6 日，建峰村第一书记骆建东“抄近道”前来迎接华龙网一新重庆客户端记者，一行人踩着这条半尺宽的泥泞小路前行，旁边就是悬崖，随处可见滑坡，这样的采访体验足够“刺激”，走完这段险路后又豁然开朗——暂时与乡里“隔绝”的建峰村，正是我们所想要的“小康村”样子。

一个月后的今天，骆建东告诉记者，村里的工作已经从抢修工作回到了正常轨道，接下来就是集中精力宣传和推动“小康生活”。

变魔术　村集体经济从零到 100 万

到了建峰村，骆建东热情地驱车带着记者四处看变化。

扶贫离不开产业，建峰村的主要产业为黄连。

骆建东每走到一处大的连片黄连产业带，都会停下车当“导游”，详细介绍种植黄连前后的变化。

骆建东说，他刚去时，村集体经济收入为零。驻村后，通过多次入户走访，召开院坝会等形式，动员农户发展传统黄连产业，去年以来，全村新增黄连种植面积 118 亩，黄连示范片初具规模，每年将为群众增收 100 万元。

“以前，年轻劳力靠外出打工度日，年纪大了只能在家歇着，村里黄连产业起来后，农村剩余劳动力被激活了，这个‘苦’产业让每家每户都尝到了‘甜头’。”

黄连带来的示范效应，使得村里发展其他产业阻力小多了。经过充分论证，塔石坪种起了 20 亩莼菜，盛产后将每年为村集体经济带来 10 万元收益；新增种植桔梗 200 亩，农户不仅可以获得土地流转费用，还可以从产业发展中获得分红，而且可以就近务工。

正风气　涣散支部一年摘后进帽子

骆建东说，由“脱贫攻坚”走向“小康社会”，对建峰村来说是一个全新的命题。

最近一段时间，中益乡和村里都在讨论关于小康生活如何全面实现和巩固的问题。

突如其来的汛情及滑坡灾害，对村里的各项工作造成了影响。在协调资源进行抢修的同时，骆建东顺势走村串户，了解群众对小康社会的认知。

乡里的广播也在宣传小康社会的话题，所以，村民们对小康社会持积极的态度，大家觉得除了穷根，思想也要跟上，物质文明和精神文明齐跟上，才是真正的小康。

骆建东感叹道，去年 3 月他刚到村里时，村支部被确定为软弱涣散党支部，村干部士气涣散、情绪低落。一年来，村支部严格按照整顿方案进行整改：一是提高政治站位，干部思想素质、精神面貌有较大改观；二是开好“三会一课”，搞好主题教育，对照中央、市委要求，看清自身差距；三是有针对性地开展整改落实，利用走访收集群众反映问题的时机，逐项进行整改落实，逐一销号。通过一年的努力，成功摘掉了软弱涣散党支部的帽子。

干部队伍风清气正，村民的精神面貌也得到了改观。因此，在面对小康生活宣传时，村民们都会从自身入手，以“小康”标准倒推不足，找到新一轮努力的方向。

树信心　趁热打铁跨入小康的门槛

中益乡要打造全域旅游，建峰村有自己独特的优势。

骆建东告诉记者，建峰村与大风堡自然保护区接壤，山水、森林资源富集，具备大力发展乡村游的条件。

时值夏日，在建峰村海拔最高的一块坪坝，“安排”上了一圈仿土家院落结构的房舍，正在进行内装。

“这里是建峰村新打造的高标准农家乐，毗邻大风堡，黄水游客可以无缝‘链接’过来，让咱们村的农户也吃上旅游饭。”骆建东一边说，一边把农户们召集起来，一起探讨小康生活。

几位淳朴的农户说，他们对小康生活充满了信心。随着交通的改善和宣传的深入，今年夏天已经有不少避暑客慕名前来。遗憾的是，由于内装还没搞好，暂不具备接待条件，但是他们对未来的生活充满信心。

走在建峰村的公路上，两边的太阳能灯分外醒目。骆建东介绍说，这是他到这里后，立足于建峰发展旅游的实际，回到派出单位向领导争取了 9 万元，又多方争取了部分经费，给建峰村装上了太阳能灯。“一到晚上，公路两边都是亮堂堂的。游客来了，晚上可以沿着公路散散步；村民晚上出门，再也不用摸黑走路了”。

下山的路上，几个“洋房”组团依次排开。骆建东介绍，这些都是村民集中定居点，有了更好的生活条件，村民们的精气神更高了。当下，最紧要的事情，就是在贫困户“清零”的基础上，继续趁热打铁，拓展产业、巩固思想，让大家实实在在地跨入小康门槛，追求更好的生活。

时隔一个月，再次连线骆建东，他说，村里的情况比滑坡时好多了，当下的工作重点，就是全面展开“小康”宣传，引导村民以更高的标准，来安排生产生活。

——2020 年 8 月 27 日华龙网报道

陈俊名：扶贫耽误治疗　念念不忘奔小康

华龙网—新重庆客户端记者来到中益乡龙河村，却没有见到第一书记陈俊名，此刻的他，刚在重庆主城做完手术。为了龙河村的工作，他耽误了自己，待到病痛难忍，不得不请假看病，这个80后小伙儿最终胆囊不保。昨日，他在家中接受了采访。对于自己的身体，他不以为然："摘胆囊又不是好大一回事。"

得知龙河村滑坡抢修难度大，陈俊名急迫地跟村干部们联系，表示13号就赶回村里上班。

摘除胆囊　笑说不痛了就好

陈俊名家住盘溪市场旁，他将记者迎进家后，赶紧侧卧在沙发上。之前的一天，他刚刚拆线。

"胆囊痛起来，那酸爽简直了。"陈俊名比划道。

陈俊名来自市委研究室，一年前，得知中益乡需要扶贫干部支援，毫不犹豫报名参战，并如愿以偿，到龙河村担任第一书记。他自觉年轻身体敦实，干事有闯劲儿。

没想到命运还是跟他开了一个玩笑，胆结石越拖越严重，最后疼痛加剧才去医院检查，医生"抱歉"地通知：您的胆囊已报废，需手术切除。

就这样，年纪轻轻的陈俊名，就告别了"肝胆相照"。

少了一个器官，陈俊名仍然心很大，他笑着说，只要不痛，就没事了。

心系灾情　还在养病就请战

采访时断时续，因为陈俊名随时要看一下手机，龙河村的滑坡让他放心不下。

期间，他两次对记者说抱歉，通过视频聊天，向龙河村干部们了解灾情，并对接工作。得知滑坡清理和公路修复还需要时间，他急切地表示，13号一定赶回龙河村工作。

因为诸事亲力亲为，深得干部群众认可，才去了龙河村一年多，陈俊名就被乡党委政府评为了“群众满意干部”。

陈俊名初到龙河村，集体经济发展尚在起步阶段，收入几乎为零。为了发展壮大集体经济，带动群众增收，他按照“稳”“进”并举的思路助推产业发展，一方面督促企业扎扎实实搞好现有产业管护，大力推动集体经济项目落地，如今，鱼塘、蜂场已经投入生产；脆红李、核桃将开始挂果，吴茱萸长势良好，各项产业稳步发展。

此外，他还积极对接政府和企业，拓宽产业发展范围，落实的200亩辣椒，产值达24万余元，农户还可通过务工、销售等途径参与其中，户均增收1万元以上；引进的德一中药材种植有限公司，与村集体公司合作发展了黄精100亩；引进的柒树堂蔬菜专业合作社，发展了200余亩蔬菜种植；引入的大岑农业有限公司，以线上认养中蜂模式，合作经营中蜂养殖基地；引回本村企业家王万军，合作经营开发了成鱼养殖基地。

展望小康　有源之水需引领

谈到小康社会的话题,陈俊名来了兴致。

他认为,真扶贫和真脱贫,会增强党和政府在群众中的亲和力。不愁吃穿了,群众自然会追求更高品质的生活。

小康社会就是更高品质的生活,考量的维度,一是更好的居住和生活条件,二是群众的道德意识跟得上小康的要求。

就目前而言,龙河村的硬件基本上符合小康标准,在全面解决安居问题后,村里还围绕乡村游做文章,以更高标准参与中益乡的湿地公园建设。目前,湿地公园的龙河村板块,不仅高标准实施了绿化和美化,还铺设了舒适的慢行步道。受益者除了前来打卡的游客,自然还有龙河村的原住民。

"中益乡水库就在我们龙河村,用于水力发电,村里正在围绕水库做旅游规划。"陈俊名剧透道,龙河村的乡村游已进入良性布局,不只是公园,还有民宿、农家乐。前两天,一家扎根中益乡的农业公司主动向他发来函件,意欲借龙河村的"风水宝地"联合开发"社交小蜜蜂"农旅融合项目,让游客到了这里,见证独特的"蜜蜂别墅区"风光。

陈俊名说,"小康生活"就像有源之水,在党和政府的引领下,乡亲们的收入有了保障,生活条件有了改善,自然会"水到渠成"地提升品德意识,从而在精神上和物质上,都能跟得住小康社会的步伐。

——2020 年 8 月 27 日华龙网报道

铺“致富路”迎“小康车”
中益乡有群好使的“帮手”

曾经，重庆市石柱县中益乡是全市最穷的地方，随着脱贫攻坚的深入推进，短短四年，“摇身一变”成为乡村振兴最具活力的乡镇之一。

中益乡巨变，除了当地村民和干部的思想、眼界、意识有了转变，还跟一个特殊的群体有关——由市委办公厅扶贫集团抽调的驻乡扶贫工作队。

昨(1)日，重庆市委办公厅一级巡视员、驻中益乡工作队队长李建树告诉华龙网—新重庆客户端记者，全队有36名队员，最大的59岁，最小的37岁，分布在全乡7个行政村。

有了这群各具特长、干劲十足的扶贫干部当帮手，中益乡的脱贫攻坚之路得以快马扬鞭，后发先至，打赢脱贫攻坚战指日可待，小康之路豁然开朗。

一次体验开眼界　高校干部爱上蹲点

中益乡扶贫工作队一班人，都是由市委办公厅抽调的各大行业精兵强将，来自教育战线的秦松就是其中一位。

大学工作和农村工作的调性完全不同，但秦松却能轻松驾驭。

“我在高校工作，就希望把科教资源最大限度地发挥出来，成为连接高校与扶贫的桥梁。”西南大学督查办主任兼党政办副主任秦松表示，组织上派他来中益乡蹲点扶贫，自己要对得起这份嘱托。

规划科学是最大的效益。秦松介绍，工作队“走出去”学习借鉴周边区县先进经验，“请进来”聘请专业公司规划设计和跟踪指导，在充分调研论证的基础上，最终确立了中益乡“中华蜜蜂小镇”形象主题定位。

围绕“中华蜜蜂小镇”主题，工作队积极引进培育经营主体，帮助各村成立集体经济组织，大力发展以民宿旅游为龙头，以中蜂、中药材为重点的新型高效产业，打造“一村一园”特色产业园，促进农旅深度融合，中益乡粮经种植比一举从 9∶1 调整为 1∶9。

秦松说，下一步，工作队还将加快山地旅游建设，发展一批农家乐，让村民尝到脱贫攻坚带来的实实在在成果。

农村的工作很艰苦，秦松却乐在其中，他说，驻中益乡持续展开扶贫工作，是人生难得的一次实践经历，能够让自己从不同维度去认识社会，更深入地了解城乡面貌。

一年变成“老司机”　荣膺脱贫攻坚先进

相比刘远海、汪云友等第一批驻乡扶贫的同事，吴庆来的时间不长，干事的成效却一点不落后。

2019 年 3 月，市委办公厅干部吴庆来到中益乡，成为扶贫工作队的一员，很快进入工作角色，以“主人翁”的态度主动推动工作，被评为全市脱贫攻坚先进个人。

荣誉的背后，是苦干和实干起到了作用。

吴庆善于思考，注重理论联系实际，并积极建言献策，他协助总结推广“‘三变’改革、贵和工作法”等经验做法，深入中益乡 7 个村参与开展项目实施、资金支出、财务公开等专项检查，规范村务监督委员会运行。

在党建工作方面，他协助推动了中国农业银行石柱分行个人金融支部与盐井村党支部的结对共建。

在宣传方面，他利用“扶贫夜校”“院坝会”等平台，带头走到老百姓中间去，用“百姓话”开展政策宣传宣讲。

在产业扶贫方面，他加强沟通联系，协助做好山东商会等捐款捐设备，协助衔接融创、金科等企业参与扶贫；争取市文化旅游委渝鲁扶贫协作资金，推动坪坝村夏布、盐井村旗袍扶贫车间落地，助力贫困群众通过居家就业增加收入。

对于组织上给予较高的工作评价，吴庆说，他只是扶贫工作队的一分子，大家都很拼，更在乎如何干出实绩，帮助村民脱贫致富，过上小康日子。

一番统筹定全局　找准痛点给出良方

并不是吴庆谦虚，中益乡扶贫工作队 30 多名驻点扶贫干部的确个顶个“好使”。

市委办公厅扶贫集团驻中益乡工作队自 2017 年 9 月入驻以来，紧紧依靠当地党委政府和广大干部群众，充分发挥组织、指挥、协调、监督职能作用，全力推动党和政府下达的各项工作，使中益乡的面貌发生了翻天覆地的变化，得到了各级领导的高度肯定和当地干部群众的广泛赞誉。中益乡 2019 年人均可支配收入达到 10615 元，比 2017 年 7425 元增加了 3190 元，增幅达 43%。

治水方面：指导各村完善人饮协会运行机制，排查解决饮水工程问题 14 个，全乡安全饮水覆盖率 100%。

教育方面:协调西南大学、第二师范学院、市教科院等开展对口帮扶活动,协调城市管理职业学院成立心理健康辅导室,协调润麒实业设立奖学金,提高了乡内两所小学义务教育质量。

医疗方面:除协调资源,完善乡、村医疗机构的办医条件外,还请来西南医院医务人员到乡卫生院开展坐诊治疗,对中益乡医生展开医疗培训。

安居方面:协调有关部门支持、动员社会力量参与,中益乡建立了易地扶贫搬迁集中安置点5处、安置农户206户,昔日贫困户都住上了安居房。

交通方面:经过扶贫工作队四年的努力,如今的中益乡路网密布,成为乡村振兴的一条条动脉。

一心输血促增收　多方融资助力扶贫

既是扶贫,必先输血。

中益乡扶贫工作队充分发挥市委办公厅扶贫集团的组织优势,加强沟通联络,积极主动对接,推动各类资源向中益聚集,各方力量向中益汇聚,形成帮扶工作合力。

首先是加强政府资源支持,主动对接财政、农业、规划、环保等市级部门100次,协调市级部门实地指导调研220次;协调成员单位及南岸区落实帮扶资金及物资;主动协调银行创新金融扶贫模式,发放"黄水人家"贷和扶贫小额信贷1500余万元,协调中国人民银行、中国农业银行等捐款300余万元助力发展黄精、蜜蜂等产业,有效解决农户资金短缺问题。

其次是强化市场资源扶贫,联系广东商会、山东商会、福州商会等捐款100多万元(含设备);协调重庆市餐饮协会结对帮扶华溪村偏岩坝9户农户开办农家乐；协调对接融创、金科等大型企业参与扶贫，合力打造“中华蜜蜂小镇”。

此外，还借助社会力量帮扶，协调市煤科院、市律师协会等市内外企事业单位和各界爱心人士，开展党建帮扶、法律援助、捐资助学等活动370余次，助销土特产品共计550余万元，并协调推动在市委办公厅、南岸区机关、西南大学开办“周末扶贫集市”，让更多“山货”走出大山。除此之外，他们还远赴山东淄博，对接东西扶贫协作工作，争取更多帮扶资金。

一轮调整产业兴　调粮经比扭转乾坤

产业调整和市场孵化、拓展方面，同样新招不断。

除帮助中益乡将粮经比由9∶1变为1∶9外，中益乡扶贫工作队还指导制定了“中华蜜蜂小镇”的发展思路，积极引进培育经营主体，帮助发展以中蜂、中药材为重点的特色产业，推动建立“华溪村产业扶贫黄精种植示范基地”“全兴村尖山坪农业综合示范基地”“坪坝村羊肚菌种植基地”。

此外，联系太极集团等企业，对黄精、皱皮木瓜、吴茱萸实行保底订单收购，协调中国农业银行筹措13万元为华溪村黄精产业购买自然灾害保险，有效化解产业风险；协调市农科院、西南大学和部分龙头企业加强技术指导，辣椒、前胡等产业亩产量显著增加，脆桃、脆李、吴茱萸丰收；协同推动“中益蜜蜂小镇”电商平台升级，探索“远山结亲”电商扶贫模式，开发绿色生态农副产品30余种，利用京东等平台进行线上销售，取得良好效果；协调开展“慧生活直播”，推动中益特色农产品参加直播带货，累计吸引粉丝184.6万人次观看，活动当晚共卖出28.5万件、1512余万元特色农产品。

李建树告诉记者,下一步,驻中益乡工作队将继续用心用力开展帮扶,确保如期高质量打赢打好脱贫攻坚战,亲眼见证、亲自带领中益乡父老乡亲奔向小康生活。

——2020 年 9 月 2 日华龙网报道

市委办公厅扶贫集团驻乡工作队入驻石柱县中益乡三年
扑下身子真扶贫　穷乡僻壤展新颜

10月9日一大早，石柱土家族自治县中益乡华溪村67岁村民向朝月起了个大早，将自家的盐竹笋、蜂蜜等农特产品打包装车，交由中益旅游开发有限公司（村集体企业）带进重庆市委大院。

再过6天，市委办公厅扶贫集团驻乡工作队要在市委大院"摆摊"，以消费扶贫的方式帮助中益乡的贫困户解决农产品销售难的问题。

"类似的'摆摊'在市委大院已经开设了8期，我们扶贫集团购买和协助销售石柱农特产品已达1870.17万元。"接受重庆日报记者采访时，重庆市委办公厅一级巡视员、市委办公厅扶贫集团驻中益乡工作队队长李建树说。

自2017年8月以来，市委办公厅扶贫集团通过推动各类资源、引导各方力量向中益乡汇聚、推动形成帮扶工作合力，全乡未脱贫户从2017年的217户667人下降到2019年的12户30人，贫困发生率从8.8%下降至0.43%，贫困人口人均可支配收入从2017年的7425元增加到2019年的10615元，全乡面貌发生了翻天覆地的变化。

派精兵——12 名驻乡队员使出十八般武艺

中益乡地处大风堡原始森林深处，是重庆市 18 个深度贫困乡镇之一。2017 年 8 月，市委办公厅扶贫集团初次来到这里时，全乡 7 个村均是支柱产业“空白村”、集体经济“空壳村”、老人妇女儿童“留守村”。

为攻克中益乡这个深度贫困堡垒，市委办公厅扶贫集团先后派遣 12 人驻乡驻村帮扶。3 年来，整个队伍只调整了 1 名队员，大家都把扶贫责任扛在肩上，纷纷使出了十八般武艺。

生于 1983 年的刘亚平是工作队中最年轻的第一书记。他到中益乡全兴村走访 1 个月后发现，村里最大的平坝地就是步行 3 个小时才能到达的 170 亩尖山坪，最大的集体资源就是深山里闲置的 960 亩林地。为解决村集体经济为零的状态，他和村干部们商量决定，要用沉睡的 960 亩村集体林地去办理抵押贷款，再集中产业扶贫资金和贷款将尖山坪打造成产业基地。

可是，以集体林地作为抵押去贷款，这在全市并无先例。为了拿出更有说服力的贷款资料，刘亚平十余次爬上满是荆棘的尖山坪，仔细在荒地里测量土地数据。最终，这位经济学专业的驻村干部埋头苦干一个月，手绘出了一张详细的尖山坪产业规划设计图。后来，他拿着这张手绘地图感动了中国农业银行及相关部门，争取到了重庆市第一笔林权抵押贷款——全兴村 960 亩集体林地获得中国农业银行下拨的 60 万元抵押贷款！

“每一个矛盾纠纷，都有一把打开的钥匙”。驻坪坝村第一书记、重庆市教育科学研究院教研员韦永胜也有扶贫绝招——村民间若发生矛盾纠纷，他就用自治、德治、法治相结合的“贵和工作法”来解决。

比如，该村在启动白果坝民宿改造项目后，村民黄某因在房屋相关设施入股方式上有异议，不同意在征收合同上签字，导致整个项目不能顺利实施。后来，韦永胜启用“贵和工作法”，从吃闭门羹到遭受白眼再到称兄道弟，他“三顾茅庐”宣讲、沟通，听取诉求，最终顺利解决了问题。

正是有了12名队员的甘于奉献、上下协调、通力合作，3年来，市委办公厅扶贫集团共捐款1042万元，在石柱县和中益乡实施15个扶贫项目，帮助落实2.48亿元扶贫资金，协调30多亿元扶贫贷款。驻中益乡工作队也连续两年荣获“全市脱贫攻坚工作先进集体”称号。

育产业——“三步走” 打造“中华蜜蜂小镇”

中益乡虽然山清水秀，但山高坡陡、土壤贫瘠，多是“鸡爪地”“巴掌田”，很难发展规模化的产业。如何将昔日穷山恶水之地变成产业兴旺新农村？市委办公厅扶贫集团驻乡工作队主要实施了“三步走”。

第一步就是加快打通基础设施“最后一公里”。三年里，驻乡工作队协调和筹措资金1.47亿元，推动中益乡新修、改扩建公路167.5千米，建设易地扶贫搬迁集中安置点5处，实施人居环境整治维修，改造房屋598栋，新建卫生院、幼儿园、康养院和7个村便民服务中心，改扩建2所小学，群众的生产生活条件得到极大改善。

“产业扶贫是脱贫攻坚的根本之策。因此，我们的第二步即为因地制宜发展特色产业，深度调整农业产业结构。”李建树介绍，以往中益乡群众主要种植苞谷、红薯、马铃薯“三大坨”，如今已发展起中药材、经果林1.8万亩，养殖中蜂8000余群。目前，中益乡粮经种植比已从9∶1调整为1∶9。

第三步则是为中益乡谋划“中华蜜蜂小镇”发展定位。三年里，工作队争取帮扶资金1.37亿元,借助四川美术学院等社会力量为“中华蜜蜂小镇”的乡村旅游进行整体规划设计等。同时,积极协调银行创新金融扶贫模式,发放“黄水人家”贷和扶贫小额信贷260人次1272.5万元,协调中国人民银行、中国农业银行等捐款300余万元发展黄精、蜜蜂等产业。

“我们‘三步走’最终的落脚点,都是为了走农旅融合发展的脱贫道路。”李建树介绍,截至目前,中益乡已发展“黄水人家”125户、民宿17家。2019年,全乡乡村旅游收入达320万元。

以华溪村先锋组偏岩坝为例。这个地方以前被老百姓称之为穷山旮旯,但风景优美。2019年,驻乡工作队将这里列为乡村旅游发展示范基地后,穷山旮旯变为了秀美土家。

两年里,工作队不断挖掘偏岩坝田园风光和传统土家农俗文化,协调融创集团对偏岩坝院落整体环境进行提升,美化了每家每户的农家庭院。同时,引进餐饮龙头企业“一对一”结对帮扶培养当地村民的经营理念,2020年4月15号,偏岩坝有7家农家乐开业,半年时间,农家乐户均增收达3万元以上。

卖土货——消费扶贫销售农特产品1870万元

市委办公厅扶贫集团驻乡工作队驻乡三年里,帮助中益乡贫困群众发展了不少种养业项目。“产业好不容易发展起来了,如果出现卖难,必将打击群众的信心。消费扶贫是条路子。”李建树在工作队动员会上说,“我们必须让中益农特产品从农民的田间送到市民的舌尖,再让这些好品质的农产品由市民的舌尖深入到大家的心间。”

于是,市委办公厅扶贫集团从线上、线下同时发力,一场场直播带货在中益乡间火热起来,一次次“周末扶贫集市”进城摆了起来。

2020 年 6 月 5 日上午，首场中益乡“周末扶贫集市”在南岸区行政中心开张，南岸区机关干部职工到展销摊点积极选购，总计购买金额 2.9 万元。当日下午，该集市又紧锣密鼓在市委办公厅摆摊展销，短短两个小时，这里的干部职工购买农特产品 3 万余元。

“我们落实了专人专班推进消费扶贫，销售中益乡及周边乡镇的蜂蜜、莼菜、辣椒等 30 余种农特产品。”李建树说，此外，驻中益乡工作队还加强与扶贫集团成员单位的沟通衔接，全力做好扶贫智能专柜、线上销售、定向供销、产销对接等工作。据统计，今年以来，扶贫集团购买和协助销售石柱农特产品达 1870 万元。

“如今，中益乡脱贫攻坚战已经进入最后冲刺、全面交账、决战决胜的关键节点。”李建树表示，“我们工作队将全面落实‘四个不摘’要求，人员不换、作风不散、力度不减，确保中益乡高质量打赢打好脱贫攻坚战，为乡村振兴打下良好基础。”

——2020 年 10 月 12 日重庆日报报道

编后记

甜生活，新中益。2017 年 9 月 3 日，稻谷飘香时节，由市委办公厅、市财政局等市级部门、企事业单位选派的 12 名同志，与石柱县委组织部选派的 27 名优秀干部一道，风尘仆仆奔赴全市 18 个深度贫困乡镇之一——石柱土家族自治县中益乡，与中益乡广大干部群众一起，奋战在脱贫攻坚最前线。他们，有一个响亮的名字——中益乡扶贫工作队。

4 年来，全体队员认真学习贯彻落实习近平总书记关于扶贫工作重要论述和 2019 年 4 月亲临中益乡视察调研重要讲话精神，不忘扶贫初心，牢记攻坚使命，用心用情，投身扶贫。

他们披星戴月，寒来暑往，踏着泥土的芬芳，深入土家山寨，走进千家万户，知民情，解民忧，智志双扶，洒下一片真情，助推脱贫攻坚，带动村民致富奔小康。

他们与村民一道，用心血和汗水，助力拔“穷根”，铸就出“先吃黄连苦，后享蜂蜜甜”的中益精神。

他们把总书记的殷殷嘱托落实在巴渝大地，使中益乡发生了翻天覆地的变化，贫困群众搬出“穷窝”，住了“小洋楼”，宽阔公路修到了家门口，不少群众办起了“农家乐”，吃上了旅游饭。

他们用真情和汗水让广大群众获得满满的幸福感，深深感受到党和政府春雨般的惠民政策，切实享受到脱贫攻坚带来的红利，扶贫队员也与老百姓结下了鱼水深情。

市内外媒体高度关注中益乡脱贫攻坚工作，一篇篇报道，一个个镜头，从不同的角度真实记录扶贫干部的无私奉献，讴歌队员们情系大山、播洒大爱的感人事迹。截至2020年12月，新华网、人民网、CCTV等中央媒体报道678篇，重庆电视台、重庆日报、华龙网等市级媒体报道1672篇，石柱报、石柱广播电视台等县内媒体报道1305篇。

中益乡的山山水水，留下了帮扶干部艰辛的足迹，留下了干部群众激情燃烧的岁月，留下了可歌可泣动人的故事，留下了一座座不朽的丰碑！

为全面回顾中益乡脱贫攻坚岁月，记录中益乡不平凡的发展历程，本书编者择优选取了一些典型新闻报道，汇编形成了《新闻视角下的中益(2017—2020)》，希望能对读者全面了解中益脱贫攻坚有所帮助，深刻领会到党脱贫攻坚决策的正确伟大，深深感受到帮扶干部浓浓的百姓情怀，让更多的人理解、支持和关心扶贫事业。

——石柱县社科联主席、石柱报首席记者　谭华祥

2020年12月